诗经千年 温暖如昨

陈海容 / 著

中国华侨出版社
北京

图书在版编目（CIP）数据

诗经千年，温暖如昨 / 陈海容著 .—北京：中国华侨出版社，2021.3
ISBN 978-7-5113-8238-2

Ⅰ . ①诗… Ⅱ . ①陈… Ⅲ . ①《诗经》—诗歌欣赏
Ⅳ . ① I207.222

中国版本图书馆 CIP 数据核字（2020）第 120542 号

诗经千年，温暖如昨

著　　者 / 陈海容
责任编辑 / 黄　威
经　　销 / 新华书店
开　　本 / 670 毫米 ×960 毫米　1/16　印张 /16　字数 /216 千字
印　　刷 / 大厂回族自治县德诚印务有限公司
版　　次 / 2021 年 3 月第 1 版　2021 年 3 月第 1 次印刷
书　　号 / ISBN 978-7-5113-8238-2
定　　价 / 45.00 元

中国华侨出版社　北京市朝阳区西坝河东里 77 号楼底商 5 号　邮编：100028
法律顾问：陈鹰律师事务所
编辑部：（010）64443056　64443979
发行部：（010）64443051　传真：（010）64439708
网　址：www.oveaschin.com　E-mail：oveaschin@sina.com

前言

《诗经》是我国最早的一部诗歌总集，是诗歌的发轫和总源头。它是来自大众的诗篇、大地的诗篇，是许多佚名的民间诗人创作的歌谣，由采诗官像蜜蜂一样将这些民歌采集成篇。它收集了行走在大地上的欢笑、喜悦、赞美、挣扎、怒吼、呐喊、鞭挞、痛恨、悲伤、追寻和企盼，描绘出一卷壮丽辽阔的社会史诗。这壮丽的诗卷，不仅描绘先民们原始生活的图景，也流露出他们质朴的人生观、价值观、世界观。我们今天之所以还能赏阅《诗经》，要感谢那些手摇木铎的采诗官们的辛劳采集。假如这份以采集诗歌为名的工作还能保留至今，我希望也能成为其中一员。

作为我国最早的诗歌，《诗经》还未形成音韵和固定的格律，带着许多记事抒情的散文特点。从记事传情、随物壮怀的创作手法上看，《诗经》既有诗的音韵节奏，也有散文的自由抒怀，是行进在大地上的诗篇，它的叙述风格表现在由物及人、由事及情，时而形聚神散，时而形散神聚；它从生活中来，以丰富多样的表达形式，抒发宣泄胸中积郁的块垒，已经具备相当成熟的技艺。以此观之，《诗经》也可以算得上我国最早的散文诗集。

我一直认为，散文诗是最接近哲学的，它直写事物的本质，直击人们的心灵；避开了诗歌的晦涩难懂，避开了散文的冗长叙事，兼具二者之所长，且不在诗与散文两种文体之间讨巧，在透过现象探求世界和寻找诗意的同时，抵达人们的心灵世界，以此构建一座独特的文学殿堂。

从文学发展的进程来看，《诗经》的艺术手法并不因为它是最早的文学体裁而显得稚嫩。恰恰相反，它与歌、乐、舞合为一体，是成熟运用赋、比、兴三种表现手法。可见古人源于生活、忠于生活的诗歌创作，不仅更具想象力和创造力，而且更具先验性和实验性，表现真实感人的生活经历。从另一个角度看，现在有的艺术家玩的前卫艺术，尚未超过古人玩的范畴，玩得还没有达到古人的范儿。

最早的《诗经》演绎了诗歌创作与表达的多种可能性，它表达百姓的心声和愿望，见证了人类早期社会动荡的感悟，生老病死的无奈，情感迁流的唏嘘，岁月流逝的感叹，也有厚重的甚至是沉重的历史。记事传情已经是非常成熟的创作风格，这是对人类情感表达的第一次"结绳记事"的总集。它就是一部来自人民的散文诗，是已经具足了诗性的内核，自然淳朴地抒发，轻轻地开启你的情感之门，在不经意的唱诵间直达你的内心。

在文体的创作上，《诗经》"赋比兴"表现方式与散文诗的创作方法，有着血脉上的一以贯之、同根同源的情感。在叙述手法上有着脱跳的运用，爱恨与情仇，颂赞与鞭挞，千人千面千人千法，无一首不入骨三分。特别是兴的运用，极具自由的写作技巧，赋予了《诗经》广阔的言语天地和写作空间。

从周王朝到现代相隔几千年，社会经历了无数次的变迁，社会生产力的发展和科技水平也不可同日而语，《诗经》如一坛老酒，珍藏在历史的地窖中，历久弥香。然而从社会变迁也好，从文字演变也好，虽然《诗经》里的人与事、情与思依然如故，但基于人类共同的情感也会因不同的演绎方式有了不同的表现，《诗经》里的语言和语境已经和当前社会不可避免地产生了较大的隔膜。

借用散文诗的形式和手法，对《诗经》进行阐述，重新描绘，将古今的情感进行一番交融演绎，是我构想已久的事。不仅源于我对《诗经》的热爱，更源于我对散文诗的热爱。将《诗经》从三千年前的距离再一次拉近到当前的生活，在重新演绎中再现三千年前古人的喜怒哀乐，让几千年间那些有趣的灵魂绵延至今，并且继续传承给后人，让更多人喜闻乐见，这是我以散文诗叙说《诗经》的心愿。

我想对《诗经》中的古人说：相隔数千年，我依然爱你，如今你影像斑驳、面貌依稀，那就让我拾起新削的铅笔重新将你描摹一番。让我们一起还原那些亘古犹新的故事，让几千年的故事和我们血脉相连，让我们再次聆听先人们的悲欢心声和呼喊吧。

那么，让我们以散文诗的叙说方式，读一读《诗经》吧！

目录

风之辑　轻轻唤醒三千年前的词句

周南篇

召南篇

邶风篇

鄘风篇

卫风篇

王风篇

郑风篇

齐风篇

魏风篇

唐风篇

秦风篇

陈风篇

雅之辑　悄悄回溯那些古老的光阴

鹿鸣之什篇

南有嘉鱼篇

鸿雁之什篇

节南山之什篇

谷风之什篇

鱼藻之什篇

文王之什篇

生民之什篇

荡之什篇

颂之辑　让久远的往事在耳边传唱

周颂篇

风之辑

轻轻唤醒三千年前的词句

关关雎鸠，在河之洲。窈窕淑女，君子好逑。

参差荇菜，左右流之。窈窕淑女，寤寐求之。

——《关雎》

关雎·岁月从不轻易赐予美好事物

如果没有雎鸟的歌声掀开，黑夜的天幕何时才能透进曙光？如果没有那左右漂流的荇菜，河水还要空流多少年？如果没有那左右漂流的荇菜，我何以唱出这首歌谣，用以表达对你的仰慕？

你来不来，岁月一样风尘仆仆。

经历千载的河洲，那些午后欢畅奔腾的阳光，那些在河洲边嬉戏的雎鸠，那些奔行在河边忙碌的蚂蚁，那些散落民间的美丽歌谣，它们在诗经里传唱千载。

几千年来雎鸠一直在河边鸣叫，捧书临水的人仍然在书里寻觅。

岁月不会轻易地赐予人们美好的事物，包括光明，包括歌声，包括美食，包括爱情，包括生活的一切。我知道，命运从不会轻易赐予人们美好的事物。

多么恨这日日虚度的光阴啊，我一直在浪迹一天天的日子，生活如此辗转艰辛，甚至没有天涯可以遥怀，曾经那些偶尔闪过的闲情逸致，在时光中沧桑得难以为继，在遇见你之前的岁月。

一直在寻觅，又在寻觅中放弃，只为遇见最好的你。

人间事总是先欢合，后悲离。在趋与避之间抉择着，又唯恐一瞬间就跌入动荡不安的生活。

一点一滴积累的幸福，因如此来之不易而倍加珍惜。

我在书中想象美好的关雎，它们已经飞翔了三千年，它们一直在飞翔。

我因此知道，岁月从不轻易赐予美好的事物，时光从不轻易等待，我将因此而追寻整部春秋。

葛之覃兮，施于中谷，维叶萋萋。
黄鸟于飞，集于灌木，其鸣喈喈。
——《葛覃》

葛覃·最好的你我如一把葛藤

热烈和长久的缠绕，这是与生俱来的本能，是百千万年来自然化育的选择。

时间的叶脉延伸出一条条触须但并不唾手可得，一片片绿叶交替张开手掌伸向蓝天又渐渐凋萎，那些离开葛的叶子，渴望再度回归绿的怀抱。

葛的枝蔓交相缠绕攀缘，从光阴缠绕的蔓叶中葳蕤生辉，看久了，便可看见彼此的生活亦交相缠绕。

一个一个的故事交相缠绕，真相和表相缠绕不休，生活中一起摸爬滚打的人缠附得比藤萝更紧，如我的归宁，倾泻着织成一匹瀑布的思念。

更多无法分清的纠葛交混缠绕，我发现无法说出真相。渴望迈向明天，我已经停不下匆匆的脚步，渴望明天再快些到来。

生时尽情地攀缘，像一株葛藤般热爱生活；枯萎了就痛快地离去，化为一抔泥土，年复一年的归宿。

相互攀缘依存，仿佛生命的开端就是如此。我们的生活也是相交缠绕在一起，爱也缠绕恨也缠绕，生也缠绕死也缠绕。

季节的更替如此迫不及待。唯有大地静默如初地化育万物，包容着你我。

最美好的时光是你依然在我的身边，最美好的你我如那一把紧紧缠绕的葛藤。

采采卷耳，不盈顷筐。
嗟我怀人，寘彼周行。
——《卷耳》

卷耳·思念是一曲缠绕在小小耳朵上的歌谣

采不尽那满山遍野的卷耳啊，采不尽那漫山遍野的思念。一路行来，一串串的卷耳牵衣扯襟，一串串的思念悄然爬上心头。

思念是一把小小的卷耳，在不知不觉间轻轻地挂在衣襟上，不小心牵碰到了，扎入肌肤，才感到相思早已入骨。

我不知你走了多远的路，我不知你经历了多少场征战，我不知你是否安好，我不知你是否如我常在梦中惊醒。

有时，我会在寅夜里醒来，通宵达旦地担忧，有时耳边会听到远方传来的厮杀声和呐喊声。

在每一寸土地上劳作，我不知他乡的每一寸土地留下你多少的跋涉，洒下多少汗水血泪。

卷耳有毒，思念亦如是。在不经意间卷耳悄悄地挂上衣襟，不提防时倒刺扎入肌肤，你才感受到痛彻心扉，那是思念一个人扎心的痛。

我知道枕戈待旦的你，身上或许也挂满了野地里的卷耳，或许也彻夜思念着家乡，思念着亲人。

思念是那一曲曲我们在劳作中唱和的歌谣，缠绕在小小小小的耳朵上，撩拨着寂静中相互思念的心，撩拨着迎接生死离别的心，是那一曲曲九曲回肠、经久难忘的歌谣。

我只有把这缠入骨髓的思念化为一曲歌谣，在孤独的夜间轻轻唱起：嗟呀，远方的人，你可安好？

我时时把这思念装在小小的耳朵上，希望能把这一曲歌谣传唱到你的耳畔。

生死未卜，这是最无尽的思念！

杳无音讯，这是最无奈的思念！

南有樛木，葛藟累之。
乐只君子，福履绥之。
——《樛木》

樛木·像古人一样向天地弯腰作揖

几千年来一直站在这里，我是那弯曲而高的樛木。

我已经习惯弯下腰生活，像更古的古人一样弯着腰向天地作揖，作为樛木，我当不了栋梁之材，但我弯故我在；

以弯且顽皮的韧劲儿抗拒着催压外力而不折，我弯下身躯，但屈曲的是我的身体而不是我的灵魂，这是我的坚守，也是我的处世哲学；

蜿蜒匍匐在大地上，但我仍然向着天空生长，我向大地伸出我的枝杈，让身边的葛藤在我的身上攀扯嬉戏；

和风丽日之时，我尽力伸长枝丫，给出我并不厚实的肩膀，让鸟雀在我的身上雀跃欢歌；

闲时读点风云，日头照来，这一页的日子光彩照人；风雨扑面，这一页的日子扑朔迷离；

我知道自己一无是处，但我愿意拉起匍匐在地上的藤蔓，为鸟虫们遮风避雨。闲来无事时，我愿意和它们终日在旷野摇曳歌唱。我会给我所爱的鸟虫们撑起一片天，用低伏的枝杈卸去狂风骤雨。

我不会强迫或要求攀爬在我身上的藤萝们或者鸟虫们附庸于我。它们爱来就来，想待多久就待多久。

几千年来我一直无所事事，每天就是在太阳下发发呆，沐在风雨中，这在大自然里是多么爽朗的一件事，我们也是物以类聚。

风雨如磐而来，我只能弯着腰负起这风雨，但我仍挺身而出，对着天地间的风雨作揖，并给出我的肩膀，让身边弱小的生命得到依靠。

几千年来，我一直弯腰躬身，像古人一样对着天地作揖，有如告别，有如告白。

螽斯羽，诜诜兮。

宜尔子孙，振振兮。

——《螽斯》

螽斯·微小的生命总是无处不在

即使是卑微渺小的生命，也是大自然不可或缺的一分子。

我们是生态系统里承上启下的链条，是食物链中的低级消费者，虽然低端却必不可少，设若没有我们，生态系统也许不能形成循环，有的物种或将因此不复存在。

越是卑微的生命，越能繁衍庞大的族群。对大自然而言，我们生来并非为了卑微而存在，而是为了繁衍而存在。

泱泱社会，自有我们的容身之处和生存之地；微如飞虫微如蚁兽，也有我们的生存之道和用武之地。

我们自有适应各种季节各种环境的本领，要么悠游要么冬眠，要么蛰伏要么鸣唱。

生活处处有风雨，何不在风雨中恣意欢歌？

那就欢快生活吧，卑小的人物可以有卑微的活法，在以自我为中心的江湖里，在嘈杂喧闹的市井里快意地沽酒作乐，做一名快乐的吃瓜群众。

简单的快乐往往容易获得，思维复杂的人无法复制至简至朴中自得其乐的生活。余生短暂，我们何不放下悲苦，痛饮这呼啸而过的光阴？

仍然记取，我们生而微小但我们无处不在，我们一直是多年前那群在黑夜里奋力奔跑的少年，一直奔跑到现在。

我们即使微小，我们无处不在，我们永不放弃。

桃之夭夭，灼灼其华。
之子于归，宜其室家。
——《桃夭》

桃夭·总有美好的事物在前路等你

雨落人间，不会嫌弃穷陋僻壤之处，它们总是不分彼此地洒落大地，众多的水流汇集，奔向江河。

巷落里乌溜溜的踏脚石，逢着落雨天气，大人小孩左一脚右一脚的，被众人的脚印踩得直冒油。鞭炮声甫歇，一群小孩围上去捡未爆的鞭炮子。爆竹声中，一缕缕硝烟腾起，将村庄笼罩在一片喜气里。

娶媳妇喽！看新娘子喽！

调皮的孩子跟在大人身后，有的却又调皮地左冲右撞，更添几分热闹。

新娘子撑着花雨伞走了过来，一大堆人簇拥着，送嫁婆跟在身边，引来众人的目光。连村里的黄狗黑狗白狗花狗闻着诱人的饭菜香气，都围着主人腾腾地跑动，倍儿有精神。

村庄又多一名新妇，多出一间新房，繁衍一个新家，再不久又会冒出一个个小伢子，烟火不断，世事牵连，呼儿唤女的声音不断在耳边萦绕，一个接一个的故事相续不断。

这人间的桃树啊，一年年地开花结果，即使遭遇饥荒灾年，也不减灼灼风华。

我放下手中的书本，看着一个个春去秋来，我知道会有最美好的事物，潜藏在人间的最深处，静静地等着你。

一个个故事又从儿时的记忆返回到脑海里，我仿佛又在人世间活过一回。

人间若无相怨，世事循环相连。

采采芣苢，薄言采之。
采采芣苢，薄言有之。
——《芣苢》

芣苢·遇见童年时怯怯的自己

带着晨露的清寒，是芣苢。

清寒的芣苢有着太多儿时的记忆。

记得小时候，领受母亲之命从野地采芣苢煮汤。母亲总是吩咐，要趁太阳还没露出头，赶紧采几把带着露水的芣苢回家熬汤。

飞奔的孩童从村庄外把清晨的芳香一株株采回家。

有时寻几里路也不见一株，有时却在瓦缝、石隙里看见探头探脑、挨挨挤挤的一大片。忍不住惊呼一声：

“啊，原来你躲在这里！”

缕缕炊烟飘起，那从山上抱下的茅草，在灶膛里噼噼叭叭，火苗舐着锅底，芣苢特有的清香开始在厨房里氤氲。

“晨起眼屎较多，估量火气大了，赶紧喝一碗！”多年前母亲的话仿佛又在耳边响起。

煮芣苢以作茶，自有一番清洌的香气。

在僻静的山村，当一名村童，时时饮食芣苢安静读书，自有些清气在腹。后来走向山外的村童，也如一株芣苢，带着怯怯的、不安的神情，生怕惊动这个世界。

多少时光流转，才发现斯人已老，逝去的时光已不可追，只剩下一些破碎的回忆。

有时走到郊外，偶遇一株株躲在草丛里的芣苢，总有按捺不住俯身采撷的冲动：

啊，原来你躲在这里！

但那些芣苢的香气只留在儿时，倘若有一天重回旧时的光阴，遇见童年时那个怯怯的自己，如芣苢一样弱小而不安，也如芣苢一样散发着泥土的清香。

忍不住惊呼一声："寻了大半生，原来你躲在这里！"

南有乔木，不可休思。汉有游女，不可求思。
汉之广矣，不可泳思。江之永矣，不可方思。
——《汉广》

汉广·我依旧无法抵达你的心房

远处的山水总是遥遥相望，近处的山水却又隐隐相隔。

在斧头与柴木“笃笃”的对答声里，山的厚朴沉默逐渐融入汗流如瀑的胸膛，旷远的回声还来不及细细品味，额角已渐渐显出仆仆的霜尘。

负薪行过江畔，总要驻足停歇一会，听听流水喧哗而过，而后匆匆扔下一串沾着汗水的脚印与水声做伴。

水则是忽忽逝去。波浪在翻腾中却有着一唱三叹的规律，水的转折灵动，一如眼神的多变，青春的流逝有着同样惊心动魄的感觉。

与你隔水相望，有时仅是隔着一湾浅浅的溪流，有时仅是隔着一张办公桌，分明近在咫尺，却如隔着山高路遥，隔着汉水深长。

水依旧向东流逝，山收缩成一丸，往事不可追执，我依旧无法抵达你的心房。

在你说出那句话之前，我就已经猜到结局。

命运如此可憎，分明有意戏弄深陷其中的饮食男女。即使懊悔一些不由自主滋生出来的想法，进退两难间总是难以抵挡抗拒。

可我还是选择说出，即使是只言片语。

维鹊有巢，维鸠居之。
之子于归，百两御之。
——《鹊巢》

鹊巢·当眼前江山的主人

云淡风轻，江山与日月总在那里。

日月轮流执掌天空，在自己的轨道升落，总是迈着不快不慢的步伐，但这是我不愿屈从的生活。

云彩常在，但只是作为天空的点缀，但这是短暂的人生，但这些美不过是转瞬即过，但这是我无法忍受的按部就班的生活。

江山无主，任谁都是一时的参与者。忙活生计的人，时时寻觅些许生活的乐趣，他们即使是过隙的白驹，亦是自由而无拘。

停下奔忙的步伐，你发觉万物总在不断地生发逝去，在时空交错之间，天地是青青的客舍，江山只是暂居的歇处。

那些总以为心能转物的人，欣欣然地改造世间的一切事物，殊不知万物皆因自在而在，并不为谁而改变一分。

谁占谁的巢，谁主谁的家。天地如此之大，暂居的人亦是一时的过客。时局纷乱中雨后春笋般的英雄，无非是风水轮流转，那些自以为是的人欲主宰一切，无非是你方唱罢我登场的一场游戏。

我只渴望天马行空一样地游历人生，不留下任何踪迹，从江南到塞外，当眼前江山的主人。

于以采蘩？于沼于沚。

于以用之？公侯之事。

——《采蘩》

采蘩·快乐和忧伤都编进歌谣

劳作中最朴素的道理：一日不作，一日不食。

每天这么忙碌地劳作着，采集、饲养、耕织，不分昼夜地循环重复这沉重如山的生活。

采薇采苹采蘩，养牛养羊养蚕，从白天忙到夜晚，生来就是劳碌命的人，为生计而奔波。

在沼泽和沙洲边采蘩的女人，内心塞满忧伤。她把快乐和忧伤都编进她的歌谣里。

养蚕人也像被饲养的蚕一样，日日不停地为他人采桑织布；采蘩人也像被采的蘩一样，日夜辛劳却不知为谁忙碌。

有人饱食终日，有人夙夜在公，几千年前的生活是这样，几千年后的生活亦是这样。

日子平缓而漫长，犹如看不到边的黑暗。

锦衣玉食者的结局：饱食终日，不知所为。

历史终究彰显公平：忙碌劳作的人唱着的歌谣记载在史册里，饱食终日的王侯却淹没在历史的尘埃里。

喧闹的历史终如轻烟般逝去，留下了记载着快乐和忧伤的一册歌谣。

劳作中的人至今还在歌谣里生活。

陟彼南山，言采其薇。
未见君子，我心伤悲。
亦既见止，亦既觏止，我心则夷。
——《草虫》

草虫·登高也是相思的一种方式

从春到秋，一页页的日子堆积起一层层的相思。

堵在嗓子眼里的，这么多的相思堆积，我怎能说出口，我怎能说给东家阿姊西家阿妹听？

草丛中的蟋蟀吵得烦人；不叫，又静得烦人。

这么多的思念，扰入内心，比这秋虫更烦人。

都说登高望远，我登高劳作，只盼你早日归来，春天来了我挎着篮子上山采蕨菜，秋天来了我挎着篮子上山采薇菜。

秋去春来，几千年来季节一直如此轮替。只是你在，每个季节都那么甜蜜；你不在，每个季节都变得分外忧伤。

在劳作中，泪水总是偷偷地混杂在汗水里。我从不把刻骨的相思说出，我从不在别人面前掩面垂泪。生活如此艰辛，相思亦如此艰辛，艰辛到入心入髓，艰辛到无法用言语说出。

但我不埋怨生活，每个人不也如草虫一般，各有各的苦楚，各自在生活里苦苦煎熬吗？

日复一日地登高，那个熟悉的身影却依然没有出现。但我只有在日日登高劳作中，思念才不那么煎熬，光阴才不那么难挨。

无人知道我内心的小秘密：

日日攀登南山，登高早已成为相思的一种方式。

于以奠之？宗室牖下。

谁其尸之？有齐季女。

——《采蘋》

采蘋·相陪这段交集的时光

时光缓缓行来。

阳光爽朗，青春恰好，蘋藻可口。

挎把竹篮采蘋，我们也像漂泊的野蘋一样，告别成长的家园，随着流水四处飘荡，迈向未知的远方。

未知的远方，有万家灯火的款款温情，不管前路是坎坷还是坦途，我知道有一条路一个家正在前方等着我。

压住微微的惊慌和莫名的期许，我即将离开自己的家，但我不知道要走向何方？鳞次栉比的房屋，但我不知哪一间将成为我的容身之所？

青春年少时，我们和家人相陪走过这一段交集的时光。我们渐渐长大，家人渐行渐远。

所有的宴席终要散去，所有的相聚终要别离，所有的爱恨终要归于尘土。

用自己的脚一步一步丈量自己走过的路，用一段一段的路丈量自己的光阴，这就是我的人生。

一切终须走过，别人的路和自己的路都是生活的道路。脚下的路不断延伸，丈量的光阴渐渐增多渐渐沉重，我们渐渐走向成熟。

有许多无奈的选择和选择的无奈，即使时光重来亦难免重蹈覆辙，可见人生如此无奈无趣。

抓也抓不住的时光，不如放下。

时光依然轻缓划过，我们因历经太多世事而逐渐沧桑，我们因放下而逐渐心安。

蔽芾甘棠，勿翦勿伐，召伯所茇。

——《甘棠》

甘棠 · 在民谣里栽下怀念的树

怀念一个人从怀念一株树开始。

这株树见证了一件人所称颂的事，见证三千多年前那位公仆下基层的所作所为：他现场办公听讼决狱，他轻车从简搭棚过夜，没有王侯的做派，不搞特殊化不惊扰百姓。

没有谁要求他必须深入基层，没有规章制度约束他的一言一行，没有政令指示他深入现场办公。

他所过之处，如一阵怡人的清风。

怀念他说过的话，怀念他做过的事，怀念他走过的地方，怀念他的名字，怀念之至，连他歇息过的树都得到敬缅爱护。

怀念一个人，怀念一株树，怀念树下和煦的轻风，怀念温润如玉的君子风范，怀念成为最淳朴真挚的赞颂。

爱人及树，比爱屋及乌更加感人。

对一个人的爱和对一株树的爱渐渐交织在一起，这穿越时间的爱，岁月的风尘也无法淹没。

把百姓放在心上的人，才会如此爱民为民亲民敬民，古今的德政理念居然如出一辙，古今的怀念也如此相似。捧书读来让我惊讶，更是感佩。这样的怀念，让人更加难以忘怀。

在古老的民谣里栽下的这株树，从周代传唱至今，依然郁郁青青。

谁谓鼠无牙？何以穿我墉？
谁谓女无家？何以速我讼？
虽速我讼，亦不女从！
——《行露》

行露·不畏生死，也不低下头颅

我不会轻易地低下头颅，不肯让我的身躯低入尘埃，与雨水泥淖同流合污。

世间本就是一个巨大的牢笼，我本就以肉身投于牢笼之中，又何惧于你设下的重重笼藩？

嗜血的兽类总是隐藏不住张开的獠牙，你的虚与委蛇怎么能蒙蔽我的双眼？所谓的承诺，所说的甜言蜜语，对我而言只是欲盖弥彰的笑话而已。

且将生死当作人间一场大梦，梦醒之时就是离场之时。不畏生死的人无视生死的束缚，唯有如此才能掌控自己的命运，才能得大自由大解脱。

即使在秋天，我也不怕露重难行，不怕背后袭来的风风雨雨，打湿我的衣襟。

即使我柔弱无依，亦不会奴颜于你，不畏惧你的威逼利诱，不会违背我的本心屈从你的淫威，包括所有来自生活的淫威。

我从不惧怕被暴风雨摧残击打，在风雨中我会挺起胸膛抗击，甚至我不畏惧生死的考验。

我从不在别人的面前低下我的头颅，也不在生活的面前低下我的头颅。

挺直身躯的人，行走在弯道上又有何妨？人设崩塌的人，即使身居高位，亦逃不了身败名裂的下场。

羔羊之缝，素丝五总。

委蛇委蛇，退食自公。

——《羔羊》

羔羊·我们是一朵朵降落世间的白云

你在静观远山时，有时会看到那些白云在天空走着走着，就降落在山坡上，在山坡走着走着就变成一队队羔羊。

仿佛降落人间是一场自然而然的事件，也是一场隐秘深邃的事件。

起初的我们，不知不觉就被带到这个未知的世界，我们咀嚼着人世悲欢的青草，打磨着一生的时光，用于付出或者赎回自己，天空和大地，是我们轮流的栖身之地。

或许是传唱的歌谣隔得太久，我们将世事演绎得太过真切，我们因此而全然忘我，几乎忘记了自己很早以前也是一朵白云，是行走在世间的一只羔羊。那些洁白的毛发，逐渐被染黄、染灰，甚至染黑，我们于是看不到自己的本来面目。

我们给出血肉，给出肤发，给出皮革，给出一身嗷嗷叫喊的骨头，给出自己的肉体和生命，给出一腔澎湃的热血，给出大地和天空。

无可推理生于人世的意义，谁能说得清这一遭的降落红尘，是潇洒一回地游戏人间，还是必须偿还未了的夙愿?

没有谁逃脱得了命运之鞭，被鞭打的伤口凝结成血痂，即使伤口愈合，也在心上留下一道道枷锁，各自的命运却又各自嫌弃，曾经的对和错已经不再重要。

不再沾染不再执着，逝去的事物不可复返，我们慢慢地又变成那朵白云返回天上，用几十年的光阴慢慢将体内的水分熬干，了清恩怨情仇，也将体内的血肉河山一一还给红尘。

我们是轮流行走在天空和人世间的羔羊。

摽有梅，其实七兮。
求我庶士，迨其吉兮。
——《摽有梅》

摽有梅·多少事从眼前匆匆流过

我不是没有故事的人。

我让我的故事渐渐成为往事。

我让我的故事深深埋藏在故纸堆里。

我在犹豫中的抉择，已经隐隐表明事情的真相。

在你一言我一语的书写中，村居俚语或者前尘往事，有时就像这雪中的梅花，没一阵子就被雨打风吹去，飘零萎落于地。年年如此，然而伤感的也没几个人。

雪与梅相伴而行。它们殊途同归，一起消融在无垠的大地，从不在人间作过多停留。

一些所谓喜欢梅花的人，附着轻风来冒着霜雪来，折几枝梅转身就走。一些附庸风雅之辈，并非惜花护花之辈。

一些所谓喜欢梅花的人，围着梅树绕匝几圈，掉几句书袋里新翻找的诗句，不知是为花而来或是为诗而来，酸腐难耐得紧。

一些所谓喜欢梅花的人，将随手攀折的梅装在花瓶，不几天就扔之弃之，有的甚至还在心里嘀咕着："残花败叶。"一些殊为可恶之人。

除此之外，也没什么蜂蜂蝶蝶，冬天就是一层层大雪深覆的寂寞。

这也没什么，我是择寂寞而开的梅。

落雪时节梅开，爱梅者亦无须狂说泛爱，应时而来惜花而别。爱梅，以心照心即可得知。

梅开三度，岭上梅林由盛而衰，多少事从眼前匆匆流过，我的故事已经不想说出。

嘒彼小星，三五在东。
肃肃宵征，夙夜在公。
寔命不同！
——《小星》

小星·星光指引着黎明的来临

一直在坚守与等待，相信黑夜中有许多小星与我一样，将那些微弱却不至于熄灭的光芒汇集在一起，指引着黎明的到来。

我不想当那过于耀眼的星星，那些星星往往住得离我们太远。在乡邑里，我只是一颗微弱的星子，不是冉冉升起的新星，只能用微弱的星芒守着家人，温暖着身边的朋友。

我的微光从我的内心发出，以我微薄的心力传递。

这样的微光在你们眼里，约等于无，但聊胜于无。

有人终日忙碌，有人平步青云，有人起起落落，有人急遽而亡。而那些恒常而行的星星，有的也会脱轨成为流星。各自有命运迁流的指引，生命中的得与失总是在不公平中显现公平，无须多怨命运。

我依然那么平凡，默默无闻地忙碌着，在群星闪耀的天空不会留下我微弱的光芒，不会有谁记取我的名字。

在我的周遭有许许多多如我一般的人，散发着一点一滴的微光，这么多微光在一起，照耀着整座山河。

但即使是一点微光，也能为一些迷途的人指引方向。

让行如朗日，温暖遍照大地，让世间有不灭的光芒指引，让言行举止一一鉴照后来者，这是太阳给我们的榜样。

让心如皓月一样冰清玉洁，洒下露华滋润万物，这是月亮给我们的寓示。

而我则以心鉴日月，在逝去和将来的岁月里，用微弱的星光指引着黎明的来临。

江有沱，之子归，不我过。

不我过，其啸也歌。

——《江有汜》

江有汜·向着来路不惧归途

众水分分合合，寓示人间所有聚离亦是如此。众水在江河的演化已是脉络清晰，既有来路，亦有归途，各各不相混淆。

而生活有许多交错的岔道，有我所不知道的归途。我已经习惯了浑浑噩噩地随波逐流。

分分合合的水流，将大地分成一块一块，分开的人却难以复合，又何必言覆水难收，又何必言水到渠成。

而你的约定竟比不上水的约定，生生世世轮流而回。挽留不住的爱情已是昨日英华，逝去的生命已是无路而返。

即使在现世，身处难行之路，亦是不能亦步亦趋。这狭仄的世道正逼着你取舍，逼着你闯出一条自己的路。

挽留不住的心不如放手，互相绑缚的人生不如互相解放。

当我放手时，我将无所畏惧，不会屈从，不去哀求，岁月从来都是义无反顾地走，过去的事只留给记忆。

有时我放飞歌声，有时我将自己的心囚禁起来，有时我装着悲伤的事又随即忘记，有时我亦喜亦忧又恢复平静。

我相信轮番而来的世事总有公正之时，胡作非为的人难逃惩罚。爱情如此，生命亦是如此。

我依然向着来路而行，且不惧归途。

何彼襛矣，唐棣之华？
曷不肃雍？王姬之车。
——《何彼襛矣》

何彼襛矣·何妨将生活当作一场场盛宴

我把每天的生活都当作是一次次欣欣然的奔赴。

山山水水迎面而来，是一场场奔赴；风风雨雨扑面而来，是一场场奔赴；苦难人生连番而来，亦是一场场奔赴。

所有的事件都是一场场奔赴：不惜以身为饵，让风花雪月随着身体作一场场奔赴，让幻灭的希望和浅近的快乐交相盛开和枯萎，亦作一场场奔赴。

燃烧吧青春，奔赴吧生命！

把苦短的人生当作一场盛宴，谁也不知这盛宴将于何时收场。

我不是一个惜命的人，我不是一个贪图享乐的人，但这绚丽的青春盛开如桃李之夭艳，但这短暂的青春怎能不好好绽放？

一场场偶遇没有预谋，生命处处充满偶然，我们只能给出更精彩的表演，让日子一页比一页更灿烂，让自己当主播，让大家当观众。

让鲜花热烈盛开吧，我愿意；让青春燃烧得癫狂些，我愿意。

生活没有彩排，青春不会再来。那就把日子过得热烈些，再热烈些吧。

我的青春由我做主，我的生命由我做主。

我心匪鉴，不可以茹。
亦有兄弟，不可以据。
薄言往愬，逢彼之怒。
——《柏舟》

柏舟·江山皆在冷眼中

有去无可去之处，就有去无可去之人。

怀才不遇的人或是被适时遣来，昙花一现地展露自己的才华，却无奈地在时光中慢慢磨去；

自诩是栋梁之材，在别人眼里却是只堪烧灶之柴，位置摆错了，难免处处尴尬。

英雄最恨的不是怀才不遇，而是蹉跎岁月英雄白头，却仍然满腹的不识时务。冷眼受多了，往往陷入命运的漩涡而不自知。

于是，有易老的红颜和难封的将军；

于是，有英年早逝的江东才俊；

于是，有忧国忧民投江而去的诗人。

历尽苦难的人或有难以消解的宿怨，在历尽嘲笑与屈辱之后，点点滴滴地在人世间辗转拔除。

天地何其之大，不如载酒行舟。

一个人的际遇对于时代有时就如一个玩笑，是非成败皆由时人评说，时人说完又由后人评说。是是非非之中，谁知道事情的真相？

说是天妒英才，其实更多是人妒英才。

世事忽忽反转，心冷了，江山也冷了。你把已冷的江山一一收进眼底。

绿兮衣兮，绿衣黄里。
心之忧矣，曷维其已！
——《绿衣》

绿衣·在自己的国度里思念

这是一条关乎情感的铁律：休对故国思故人。

如今我们早已不说爱情，只因相隔太远，思念太苦。

一个人的内心世界是其一个恢宏的国度，一个人的国度有它自己的喜怒哀乐，对它最大的敬意是不去打扰，让曾经发生过的故事尘封。

能永久隔离相爱不渝的两个人，唯有生死而已。

你说服自己要好好思念，你说服自己不去思念，但思念总是不期而至，却又无处安放。

所谓睹物思人，其实是一种入心入髓的痛。

而且思念来得那么快，在自己的国度里，思念是一件多么痛苦而又多么欢欣的事，可以无所顾忌地想，无所顾忌地爱，无所顾忌地恨。

思念总是盘桓不走，一动念就到达心头，却又排遣不去，从看到一件旧衣缘起，从曾经说起的一个词语开始。

思念也因无可寄托而变得毫无节制，而你无法制止无法拒绝。

你只能让喜怒哀乐深深埋葬在一个人的眼眸里，不管时间推移多久，这是你最深厚的思念。

遥远的国度会铭记你每一刻的思念。

燕燕于飞，差池其羽。
之子于归，远送于野。
瞻望弗及，泣涕如雨。
——《燕燕》

燕燕·春天与一个个词语紧紧相连

燕燕于飞，这是燕子之于季节的使命。

春天的燕子住在江南的心窝上，它衔新泥，它垒新家，它啾啾的叫声给予孩童无限的快乐。

沧桑的老屋因为有叽叽喳喳的燕子和孩童，又涌现出无限的活力与生机。

在人字形的屋椽下，我总是抬着头分辨着今年垒窝的新燕是不是去年的飞燕。它们长得那么相像，总让我分不清谁是谁。

有时突发奇想要捉一只新燕，在它的脚上系条短短的红绳，却被大人斥责，说会把燕子们吓跑的。

我依然在寻找去年的那只飞燕，不知它今年飞向何方？不知它为什么不肯回顾我的家？

长大后才明白有些生活轨迹没法选择，与其说是季节迁移，不如说是环境逼人。

春天的深处，既有热烈也有忧伤。春天的深处连缀着一个个词语，一朵朵落花，一只只低回的飞燕。

日居月诸，照临下土。
乃如之人兮，逝不古处？
胡能有定？宁不我顾。
——《日月》

日月·越美好的事物越容易被时光蹉跎

举头有日月。

细数流年的序数，一定是日月在执掌岁月的流逝，一天天从头上抛飞而过，随着岁月的推移而次第苍老。

在季节里我们也像一株株匍匐在大地的植物，顶着太阳，顶着月亮，在季节里生长、成熟、衰老。

那日月经天而行亘古不变，那世道人心为何反复无常？那些风调雨顺的祈求往往落空，那些许下的誓言诺言最终往往演变成流于形式的谎言。

而日月如炬，你何能弃我不顾，却不追慕它们的皎皎品德？结发而成的婚姻，何以你终结了爱情？

光阴漂白头发，命运迁流，你终于明白，开过的花和结过的果原本就不可期盼。

你看见爱情在慢慢枯干萎缩，看见无法挽回的流逝漫延过泛着幽光的瓷器，看见婚姻的分崩离析。

反向观之，你看见婚姻的法则并不可靠，生活充满多向的歧义和可能。但倘若时光重来，重来的命运或可逃脱？

婚姻可以有不同的选择吗？不同的选择必有不同的结果吗？

在不变的天道中，我们在煎熬着；在易变的世事中，我们在煎熬着。

已逝的爱情就让它走吧，这个不讲世道、不论人心的世界。

青春、爱情和婚姻一桩桩远去，再也没有什么可以用来蹉跎，越是美好的事物越易于被时光蹉跎。

这个大雪覆盖的尘世已经让我无话可说。

终风且暴，顾我则笑，
谑浪笑敖，中心是悼。
——《终风》

终风·青春又爬上我的脸

早已习惯在追忆中徘徊。

刚开始的春天只是浅浅的一汪池塘上的微风，慢慢变成江南的柳梢头，是新绿一丛丛，是春风渐次吹开一树树的桃花李花。

春光浓烈，你攫取一袋春光而去。满山的桃花李花都萎落成泥，我只是其中一朵，在花开花谢的春天里凋零着青春。

然而我不要平淡的生活，我宁可生活得热烈一些，宁可狂放一些，宁可错看一个人，我不愿错过身边一闪而过的机会，不想错过光阴，不想空留惋叹。

我宁可失望于一人也不要枯等一辈子，我宁可绚丽地开放凋谢也不愿成为枯死枝头的蓓蕾。

谁的生活不是一场场的冒险？倘若失败无非作一场壮士断腕的选择，我亦无所畏惧。

时光匆匆逝去，青春匆匆逝去，爱情匆匆逝去。脱去华袍，生命便尘归尘，土归土。

每个人的爱情最终都要回归到米面人生，躲不过离情别爱不如早早放手。爱情如一阵风过后，你不管不顾抛下这个家。我只是惆怅，只是思念，如作一场断腕的人生决断，我并不后悔。

但在我老去的情怀中，仍有青春的影子在我的记忆中回放，它有时仍然会爬上我的脸，让我佯装年轻飞扬一回。

死生契阔，与子成说。
执子之手，与子偕老。
——《击鼓》

击鼓·来一次死生契阔的约定

在擂鼓而战的节拍之间，在震天而瘆人的呐喊号泣声中，倒下的士兵如倒下的稻草。

击鼓吧，生死不过是一瞬间的冲锋；击鼓吧，让鲜血如莲花一样绽开；击鼓吧，让爱恨情仇随着死亡一起奔赴另一个世界吧！

用于作别的鼓声，也用于记取战士的心愿，截取一段时光或者作一生的诀别，或许只隔着这场和下场战役的时间。

你由着命运安排，你亦是别无选择。

一个惯于独处的人，你无法用寂寞打败他；一个无惧光阴摧残的人，你无法用死亡打败他。

生死何所惧？死亡无非是早些时日回家，生或是我们暂寄的家，死或是我们永恒的家。设若在人世的笼藩里，望不到外头，你我皆只是不知归家的游子。

在千里之外的冷月笼罩下，在生死之战前夜的肃杀弥漫下，你忽忽记取了那一晚的新月，你回想起向爱人掷地而诺的一匹誓言："执子之手，与子偕老。"

生死何所惧？只是光阴湮漫，烽火连天，那匹誓言越长越大，像一匹抑制不住的烈马在心尖奔驰。

何以解脱生死？不如思念为毒药，以生死为引，以血泪为汤剂，我们只是蝼蚁，以身躯堆砌王旗的尊严与辉煌。

不如捡起遗失在战场上的股骨擂响战鼓，让我们且擂且歌，歌曰：“执子之手，与子偕老。”

睍睆黄鸟，载好其音。
有子七人，莫慰母心。
——《凯风》

凯风·住在时光家里

你有多么爱光阴，就有多么恨光阴。

脚步歇息的地方就是你的故乡，时光的一个个节点就是你暂居的家。

时光擦不净往事的生字本，在时光面前你一直都是名小学生，总是一脸天真无邪的笑容。

年轻时你渴望离家出走，年老时你渴望叶落归根，你像背着家的蜗牛四处寻找着你的家，走了一圈又返回原地。

起初你不愿久待的家。

从小到大，你离开了无数次的家门，也搬过好些次家。世事轮番出现，一唱一和地缠绕着你，新事总将旧事掩埋。

你像一朵漂泊的浮萍四处寻找着你的家，没有停靠的住所，你顺着流水在城市与乡村之间行走了一程又一程。

有时，你多想回到儿时，趴在课桌下找出半块橡皮擦，企图擦去你不愿意看见的人和事，企图将光阴擦去重来。你将生字本折腾得面目全非，和儿时一样。还比不上母亲用力地擦掉自己总擦不干净的鼻涕，很痛，你像是躲母亲的手一样躲着光阴。最终你只能对它苦笑，不能更换或撕破这本生字本。

后来你渴望返回的家。

在光阴里，母亲有着一如既往的微笑，慈祥地等着儿女归家。

时光苍白了记忆，母亲习惯了在家等待，而你也习惯了在漂泊中思念，多年漂泊养成的习惯至今不变。

倘若可以，你多想穿过时光之门回到儿时的旧厝，去拾回放在窗台上的旧蝉蜕，床底下的玻璃珠，还有一串搁在门口的脚印。

这是你又爱又怯的家。

瞻彼日月，悠悠我思。
道之云远，曷云能来？
——《雄雉》

雄雉·相思忽忽爬满你的脸庞

与恨交织在一起的，往往是爱；与恨交织在一起的相思，有时是连说也说不出口的爱恨交加。

尚未说完的爱，却被一次次生离死别的相思渗入骨髓。相思的味道从离别那一刻起开始滋生。

隔着连天的烽火，生死与否，是最刻骨的相思，也是最心惊胆战的相思。

采葵持作羹，让汗水沿着你的脸庞滑下，如雨如瀑。你只能在家苦守相思，不能生死与共，徒有担惊受怕。你只能让相思沿着你的泪水在脸庞滑落，你只能让泪水成为排遣相思的最苦方式。

而太久的音信杳无，对生之企盼到极致，你唯愿两地相思也不愿生死离别。

有守四方的将士，就有守家园的红颜。

然而无奈之极，有太多不可预知的意外。征夫的血汗和怨妇的泪水都是昂贵之物，昂贵到不忍触及。

从那么遥远传来的思念，在诗经里传唱，在歌谣里且歌且泣，在漫漫的时光里等待。

好吧，就让相思爬满脸庞，让我们在泪水里相思，在歌谣里相思，在时光里相思，在生死里相思。

匏有苦叶，济有深涉。
深则厉，浅则揭。
——《匏有苦叶》

匏有苦叶·在时间的渡口等你

渡口是一个囊括天地的聚合点，一切事物的聚集点和转折点，有季节的流转，有人事的变迁。

所有聚集在渡口的事物都应于某种召唤，有如季候，有如节气，有如黎明的露珠和夜晚的星斗。

我在渡口等待，光线明了又暗，大雁在天空留下嘹呖的叫声，我知道你正在奔赴渡口的路上。

你济水而来渡水而来蹚水而来。

渡口背负着你的期待，渡口背负着你的光阴。

聚集在渡口的事物无声无息出现和消逝，这是隐约的季节和青春传来的召唤，这是岁月急切的无声的召唤：

“唯有时光不可辜负!”

野雉和雁群欢快地叫着，它们忠诚于季节的召唤，汇聚而来汇聚而去，它们守望着渡口。

我在河边的渡口等你，我在光阴的渡口等你，我在生命的每一个转折点等你。

岁月静好，年华不可蹉跎。

行道迟迟，中心有违。不远伊迩，薄送我畿。

谁谓荼苦，其甘如荠。宴尔新昏，如兄如弟。

——《谷风》

谷风·我仅是怀念昨天的你

太阳突然从我的天空掉落。

世界失去所有颜色，黑色的火在燃烧，腾腾直漫上胸口。

采葑采菲，蔓叶与根茎亦上下交覆，你写下内心炽热的病症，灼烧狂乱的灵魂，而我整片心都被春天的黑色灰烬烫伤。

风如此多变，已变的心亦如风而逝，不可挽回的逝川。

一曲未尽的离歌，一杯未尽的浊酒。我不再一饮而尽，如今我只用它们怀念逝去的昨天，怀念你往日的模样。

夜的漆黑无光穿过黑色眼眸，往事如电飞逝，我还在昨日旧事里徜徉。

爱恨情仇是一道道系在生命之上的绳索，久耽红尘愈缠愈紧，婚姻之路或是平坦之途或是半路生岔，这是必须要低头认领的命运，而我不知何处有选择之道。但我依然不会屈服你的风霜相逼，也不会屈服来自生活的淫威。

人生亦如棋局，在局终之前如果我沦为闲子或是弃子，我不会无声无息地退缩，我会大声疾呼，让世人们看清那个男子的丑恶嘴脸。

即若有怀念，我仅仅是怀念昨天的你，那个曾经心心相印的你，那个曾经风雨同舟的你。

式微，式微，
胡不归？
微君之故，胡为乎中露！
——《式微》

式微·被岁月的缰绳紧紧勒住

在土里生长的人，最终在土里睡下，带着土的沉重；在水里生长的人，最终在水里睡下，带着水的低洄。

在土地上苟延残喘着的人，他们很像牛，像马，在土地上胼手胝足，将自己的一生都给予土地。

有时，也像水中穿梭的鱼群，像天空奔忙的鸟群，为饥渴而四处奔忙觅食。

但所不能理解的是，为什么他们不想离开这片土地？为什么他们仍然流露出这般麻木的神情？

这无法选择的身世，这让人憎恨又无法逃离的生活。

土地养育了农民，即使他们在土地上苟延残喘着，即使被生活的重负压弯，他们依然坦然接受生活的所有苦难。

有多少被驱使的人在生活中逐渐麻木，默默承受着苦楚，被土地束缚而不得脱身，被岁月的缰绳紧紧勒住。至于生活，他们只是依赖且不能摆脱，而曾经的热爱憧憬已渐渐散淡。

有多少人不得脱身亦不能觉知，甘心命运的摆布。

岁月有多沉重，缰绳就勒得有多紧，生活就有多痛。

他们聚集在殿堂之下，用蝼蚁般的身躯奋力托起王之宝座。有一天，他们被欺辱至极，他们将奋力举起宝座，把高高在上的王掀下宝座，扔进历史的尘埃。

那些处庙堂之高的人呵，你可知否？

何其处也？必有与也！
何其久也？必有以也！
——《旄丘》

旄丘·唱出我们的判歌

曾经写下的守望相助的嘱托，堆积着多少征夫的血泪和生命？曾经订下的生死与共的盟誓，竟然在朝夕间弃掷不顾？

山丘上攀爬的葛藤一冬一枯，生死就在季节之间流离辗转。乱世中的生离死别，就在一朝一夕间发生。

故国不在，家园不在，旄丘不在。

多么荒诞的事件：流离者在家园毁灭中奔命哭号，肉食者在欢歌笑语中充耳不闻。

那些说好的誓言早已烟消云散。那就歌唱吧，倘若树与藤终将枯萎，就让旄丘成为一座死丘吧！

唱出心中的积愤吧，即使歌者的不屈与抗争是那么的无力，但是我们仍然唱出判歌，我们拭目以待，看那些背信弃义的人，岂能得以善终？那些肉食者的丑恶嘴脸，终将淹没在历史的尘埃里。

我们的歌声从心灵唱出，不仅歌唱守望相助的友谊，也鞭挞丑陋的心灵。

在历史的尘烟中，流离者命微如蝼蚁，但颠沛流离的歌，却发自不屈的灵魂，在红尘间流传。

我们虽然如此渺小，却从未停歇地歌唱，那些嶙峋的风骨在歌唱中越加伟岸。

微弱的歌声被记下被传唱，岁月会一一偿还。

我思肥泉，兹之永叹。
思须与漕，我心悠悠。
驾言出游，以写我忧。
——《泉水》

泉水·在两个家之间徘徊的女人

女人在静夜无人时，还能听见家乡的泉水淙淙的声音穿越万水千山传来耳边。

漫长的岁月牵动漫漫的思念，它并不如歌声曼妙，它有着一整座春山的厚重多愁，压得女人心头喘不过气。

在女人眼里，家乡的泉水不停地汩涌，它来自淇水的汩汩情怀，它带着家乡的深切呼唤，牵动不绝如缕的思乡之情。

别离故家来到新家，陌生的家其实是一个陌生的世界，女人不得不独自面对这个陌生的世界。

远嫁异国他乡，女人因此拥有两个家与国，她遥望着静夜，心如春山般空寂，她的心一直在这两个家与国之间徘徊。

穿过一个个国度而归宁，山何其远路何其迢。

山水一程，风雨一程，每一程都久久望乡，每行走一程都忍不住洒下滴滴作别的泪水。

归宁难，归家亦难，山与水的重重阻隔，女人一直牵挂的两个家。

故乡有女人最初的亲人，有难舍的记忆。女人不管走到哪里，来来回回地行走，总是放不下两边的家与国，一路一路的山水总关情。

新家与旧家一样难分难舍，女人的心在两个家之间徘徊。

出自北门，忧心殷殷。
终窭且贫，莫知我艰。
已焉哉！天实为之，谓之何哉！

——《北门》

北门·生活是一碗碗的苦水

在那些困顿迎面而来的时候，你陷入了深渊般的生活。

生活突然裂开一道缝，吞噬着希望吞噬着梦想吞噬着青春。你知道，正在下坠的世界漆黑无光，除了挣扎与突围。

没有谁会在意一只蝼蚁的挣扎号呼。

丛生的杂草包围着你，必须在突围中寻找出路。

你不要回头，告别的人不会再次淌下泪水；你不要回头，世界不会在你转眼间支离破碎。

生活是一碗碗的苦，谁的苦谁知道，谁的苦谁也替代不了，你永远只能独自面对。

每个人都在生活的夹缝里艰难支撑，不会有人为你伸出援手，你必须自己挣扎走出，必须在内心积蓄足够的力量，必须有为善的勇气和临恶的不惧。

人生的苦难终须自己一碗一碗咽下，苦吃足够了也就明白了人生不自由，爱情不美丽，生命不昂贵，你才能在苦难中逐渐坚强。

既已有生，当尽此生罢，你翘首等待的彼岸花正开开落落，你开始无惧于苦难的降临，在浑噩无垠的生活里，你继续坚持。

你一次次对自己说，爬过去，爬过去就好了。

静女其姝，俟我于城隅。
爱而不见，搔首踟蹰。
——《静女》

静女·向你描摹她的样子

我愿意用言语向你描述出她的样子：

她安静如一朵洁净无瑕的白云，不沾半点烟火柴米气息；她安静如一首诗，在静谧的书房里轻轻翻动页册时泛发着墨气；她安静如雪地上横逸而出的一枝寂静而香的梅，泛着远远的香气。

但她有时热烈而顽皮。

她的微笑翻动整座江山，她的眼波拂过整座梅林，她热烈的眼神撩起整条河流。

她的样子就是生活的样子。

她的样子就是梦想的样子。

她的样子就是爱情的样子。

在别人眼中她安静如磐石，如端坐的莲花，但只有我知道她的内心包着一团火，这团火为我们的爱情而熊熊燃烧。

在内心翻腾的爱情，恰似翻动整座春山整条春江般的热烈，有着青春气息涌动的味道。

这是我的静女，倾听着我的表白，静成一朵花的表情。

我们长久爱恋，我愿意用最美好的词语描摹她的样子，在我谱曲传唱的歌谣中记住她美好的样子。

爰采唐矣？沬之乡矣。
云谁之思？美孟姜矣。
期我乎桑中，要我乎上宫，送我乎淇之上矣。

——《桑中》

桑中 · 我们是我们，我们也是世界

在淇水之畔，在雁鹿鸣叫的田野上，在青青的郊外，我在忙碌的劳作中等待你的到来，等待一天最美好时光的到来。

午后的阳光停滞不走，我还在等你。等待的时光既那么漫长又那么美好。

你或许还在采萝，或许还在采麦，或许还在采蔓菁，或许已经在匆匆赶来的路上。

因为有爱，一个人守着一座孤岛般长久地等待，等待另一个人的造访；因为有爱，一个人蓦然觉得困窘的生活也透过些许光线，把灰暗的日子照得光彩一些。

因为有爱，这个世界才是我们的世界；因为有爱，这个世界才因此变得美好。

在我们相约的地方，你总是左顾右盼，你总会采来一束野花，给平凡的我们和平淡的日子带来一些快乐的味道。

思念再次占领原野空旷的时间，在女萝丛生的思念里开出细碎的花，点缀大片荒芜的岁月。

我们旷日在野外采集狩猎，在原野一次次的云游，没有起点没有终点。我们只是寻找我们简单的生活，以及简单的生活带来的快乐。

我们是我们，我们也是世界。

在春光弥漫的日子里，我仍在倚门而待，等待着你在顾盼的眼眸中唤醒我的灵魂。

定之方中，作于楚宫。
揆之以日，作于楚室。
树之榛栗，椅桐梓漆，爰伐琴瑟。
——《定之方中》

定之方中·天理民心总会因循流转

国事或者交融，或者交战。

而我们总是习惯让大地承载太多的悲欢，让大片的宫殿矗立在大地上，让战火在大地上焚烧，让一波波苦难在大地上蔓延，让饥荒来得如此深重。

生来如此自私，除了无尽的索取，我们何曾深爱过这片大地。

但我们不得不爱这灾难深重的国，不得不爱属于我们的百孔千疮的国，不得不继续着这爱恨交加、别无选择的人生。

仁慈的大地啊，让岁月把根再扎深些，让我们的呼吸更自由些，让灾难深重的印记在大地上渐渐消弭。

但仍然相信，天理总会昭彰，民心其实如炬。天理与民心总是在因循流转。

我们亲手建造家园，让黎民生生不息地繁衍着。所谓天人合一，是天理与民心交织，是让百姓的理成为天理，让百姓的心成为天心。

灿烂的星火一样可以点亮一方天空，百姓的心声就是定星，让定星定下我们家与国的前行方向，让我们欢欣载舞，寻找属于自己的定星，我们欢快地种植桑梓，作琴瑟和谐之家国。

新的时代，最宜于诗歌见证。

相鼠有皮，人而无仪！
人而无仪，不死何为？
——《相鼠》

相鼠·描绘一副丑恶入骨的画像

把一些丑陋的灵魂描绘出来，画家不一定能做到，百姓传唱的歌谣却可以做到。

丑恶的灵魂自带丑恶的嘴脸，让人望而厌恶，再冠冕堂皇的说辞和外表也掩盖不了真相。

他们总是一副自鸣得意的嘴脸，肆意地穿行在大街小巷，自己所为之事必定天经地义。他们不劳而获，贪占别人的劳动果实，与污浊为伴，已经没有廉耻之心。

他们全无敬畏之心，为所欲为毫无顾忌，如一个个登上大雅之堂的窃贼，掩饰不住可憎的行径。

他们只会在善良的人们头上作威作福，他们只会在弱小面前颐指气使，他们最大的本事就是吃里爬外。

尤为可耻的是他们以践踏道义与法律为荣，以蹂躏真善美为本领。

贪得那么无度，贪得那么可恶，这些人怎么还如此耀武扬威！

他们躲在哪里，我也说不出来，但老鼠总是藏不住自己的尾巴，大家仔细察看总能发现。

子孑干旄，在浚之郊。
素丝纰之，良马四之。
彼姝者子，何以畀之？
——《干旄》

干旄·人间烟火是守护一生的诺言

辽阔的长风日日在旷野上行走，一笔一画梳理着嶙峋的树与石，有着智者的襟怀。

日月如炬照耀着山川大河，让万物葱茏四季流替，有着仁者的慈爱。

那猎猎旗帜带着风的猛烈，那浩浩荡荡的车马带着征尘的疲惫。大风漫卷旗帜，旷远的路途上岁月的声响淹漫一路散落的故事。

我高高举起我的旗帜，带着我的理想出发。马铃声声，一行行车辙跟着我们铺向远方。愿意和我在风雨中相扶相持共济天下的人啊，你在哪里？

我把自己的影子空出来，我追寻人间温暖有情的烟火，将在人间所做过的事一一寄予愿望，在天地间追寻留白的我。

在远方奔行，寻找我所向往和渴求的人。我奔向远方的城郊，背影留给原野，我们跟随着坚定的步伐。家国天下社稷人生一一揽入胸怀，既然是命定的使命，那我就一肩扛起。

尚有笃定的目光引领，我揣着风尘仆仆的希冀，像大雁划过天空，留下辽阔的叫声。

人间的烟火在眼前，我的理想就在眼前。

我不知道路还有多远，梦想还有多远，但我会坚持走下去，即使在前行中我倒下了，还会有后继者沿着我们的方向走下去。

人间满满的烟火是我守护一生的诺言。

载驰载驱，归唁卫侯。
驱马悠悠，言至于漕。
大夫跋涉，我心则忧。
——《载驰》

载驰·行向故国有深阻

故土情深，故国难舍，我独自载悲载欣地行走，我的思念无法抵达生我养我的故乡。

家与国，总有那么多无法逾越的鸿沟。家国于我情深义重，而国与国的距离，往往比山高比海深。

然而人生多少艰难困苦如何预料？那些无情无义的人，拖阻住我归宁探看的脚步，那些来自身畔的阻碍让我无法逾越。

一片片飘落尘世的月光无处可去，洁白而孤独。萎落在地上的月光也回不到它的故国，犹如现在的我。

无法回顾的往昔，流离失所的人再难回到故地，牵扯不断的思念在内心翻江倒海。

不能回头的路，故国依然是故国，故国依然在远方。

过去心不可得，遥远的亲人在梦里思忆多少回？

护佑我离开故园的亲人啊，我却难以回报款款的深情，我甚至无法返顾。

故园千里路，归思难以抑制。休对故国思故人，徒然留下多少千回百转的痛？

行路深阻，如何护念我的故园故国？！

瞻彼淇奥，绿竹猗猗。
有匪君子，如切如磋，如琢如磨。
瑟兮僩兮，赫兮咺兮。
——《淇奥》

淇奥·把最美好的自己琢磨成诗

我把我的名字脱下，留在处处村庄上传唱；我以行动宣言，我一直守候着这个美好的人间。

我日夜守在村口的小河磨洗我的名字，磨去生锈的斑点，磨去棱角锐利的地方，磨去骨质增生的部分。

我也会聆听人们说出的故事，尽管它们有的发生在我的身上，有的发生在别人的身上。

人间有大爱，也有大恨。这爱恨之间，我也不能说出，我把它们当成大梦一场，在梦中的爱恨人生，怎么演绎也不会那么痛。

人世间的事总是悲喜相伴、悲喜相续，怎不让人爱恨交加啊！

我不能传唱一些久远的旧事，它们已经飘散在远方。有时我也想寻觅这些源头，从一辈辈人流传下来的歌谣里深深追溯。

这些深爱着世间的人啊，他们如痴如醉地在世事里沉浮着。

而我太过于深爱人间，以至于我不敢把我的爱说出。我甚至不愿让别人知道我对世界的爱，我只把最美好的一面留给人间，作为我的馈赠。

或者我用诗句描绘人间，或者我把自己琢磨成一句诗，播洒在这片广袤无垠的大地上。

在我离开时，留下的诗句不断地生长，也把自己美好的形象留在别人的阅读中。

考槃在涧，硕人之宽。
独寐寤言，永矢弗谖。
——《考槃》

考槃·在人间大醉大醒着

久居红尘固然令人迷醉，亦有太多不宜久居之地。

市井间浊气太重，闹市坊间熙攘的人流如瀑。目睹太多炎凉世态，你不能说出的心胸块垒为之郁结。

无可诉说之境况有如身处洪荒大漠中，除了掩面而睡，你又何必独自醒来？

在大醉大醒之间，有无法言说的大寂寞，而红尘迷乱不可依恃，唯有长夜一梦聊以度日。

不如归去！不如归去！

你时而在流水声中筑竹而居，时而在山林间扣木放歌，整座山峰都是你的肺腑，吞吐浩大的心气。

以石为鼓，以涧为弦，你在林涛中长奏长啸，在风雨如磬的日子里逍遥自在。

或兴起而歌，制造一些长啸声，以应和风雨声。

太多的深渊吸引太多人不可自拔。名利场上铜臭之味处处弥漫，太多忧愤堆积在一起，不由得让你大醉，以迷醉之心面对名利场，面对这块无可挽救的颓废之地。

人间的大醉和大醒都用别离红尘的药引唤起。

于是你在大醉大醒之间且歌且啸。

手如柔荑，肤如凝脂，
领如蝤蛴，齿如瓠犀，螓首蛾眉，
巧笑倩兮，美目盼兮。
——《硕人》

硕人·美人一直活在美丽的诗句里

翻遍脑海里所有辞典，我还是无能为力地搬来这句词语来描绘你——“巧笑倩兮，美目盼兮”。

我想象你的轻盈，我想象你的柔与白，我想象你的眼波如流水一样婉转，我想象你的微笑如春风拂面。

它已经被引用得太多了，以至于它仍被继续引用，以至于成为不可逾越的经典。

我的言语胜于画布，静默无言即是我的留白，它给予更丰富的想象空间。

而你美得如一个梦，如一则传说。你成为人们对美的期盼、美的寄托、美的化身，成为人们对美好生活的向往和愿景。

岁月静美，你是一束灿烂的阳光，照亮了一片又一片的村庄，照亮了一个又一个的朝代。

所有的事物均已远去，曾经唱着歌谣的人，曾经仰慕感慨的人，都在岁月荏苒中逝去，不留名字无痕无迹。

是的，我的美人一直活在美丽的诗句里，千年来仍然光彩照人，仍然还是青春焕发的模样，仍然还是闺中待嫁的样子。

仿佛时间定格不动。

总角之宴，言笑晏晏，
信誓旦旦，不思其反。
反是不思，亦已焉哉！
——《氓》

氓·初放的玫瑰转瞬凋零成荆棘

不难想象，一个人对海誓山盟的叛离造就另一个人一生的劫难，一个人的倒行逆施让另一个人决绝地离去。

清晨还是一朵初放玫瑰，黄昏却已凋零成一丛荆棘。经不住几年的光阴摧残，那些誓言早已成一地鸡毛。

多少沧海枯瘦成桑田，星河斗转的世事啊，在千沟万壑前众水已经去无可去。

在歌谣里摇曳生姿的少女，在婚姻里褪去蝴蝶一样的翅衣，从少女走进中年，无奈地埋葬所有的理想。

人生命运的脉络牵连，说不清剪不断，懵懵懂懂地走着，对生命的未来充满未知的向往和恐惧。有时如一朵飘荡的浮萍，谁也不知下一刻飘向何方？

这难以预知的命运，谁来决定它的走向？

在接近中远离，在接近中冷漠。曾经的沧海有多难，曾经暴风骤雨的爱，却又被暴风骤雨一一摧折。

爱怨深植内心，悲喜相互纠缠，在怨恨之中挣扎的人，永无宁日。

把自己的命运写进歌谣，奔赴千辛万苦的日子。歌谣一直传唱，歌者不再逆来顺受。

一路艰辛走来，生活是一场不谢幕的戏剧，总是有悲有喜，或是悲喜交织。倘若连番悲剧，你亦无话可说。

不再同心的婚姻，不如趁早罢休。

淇水滺滺，桧楫松舟。
驾言出游，以写我忧。
——《竹竿》

竹竿·从一个家到另一个家的漂泊

为什么浮萍总要随着河流漂向远方？为什么蒲公英总要在秋风中打着伞远去？

一生的漂泊是早已命定或是随机安排？对待嫁的少女而言，这永远是一个无法证明真伪的命题。

筷子握得近嫁人嫁得近，筷子握得远嫁人嫁得远。这无稽的传说，却仍然牵挂着多少父母的忧伤和焦虑。

嫁远嫁近，本质都是从一个家到另一个家的漂泊。

远嫁他乡的女人总是难以抛却故园与新家，归宁省亲，又是一场来回摆动的旅途。

故乡的淇河悠悠流来，汪洋的思乡之情恣意涌来，淇水那头的亲人不知是否安好？天天望着淇水，思乡之情总是无端被勾起，不可抵制无以排遣。

心总是在这一场场旅途中来回徘徊。

故乡的山河依然如故，旧时玩伴却各奔各路，乡音乡情难舍难忘，徒留一个孤独的人撕心裂肺地思念故乡。

淇水东流，思念东流，爱恨东流。

那些命定的漂泊无法摆脱。

谁谓河广？一苇杭之。
谁谓宋远？跂予望之。
——《河广》

河广·用脚步丈量乡愁的游子

游子用脚步丈量着他乡与故乡的距离，也用脚步丈量着乡愁的远近。故乡离得越远，游子的归思越热切。

家园难舍，故乡是游子永恒的主题，游子们把家装在心里，在背井离乡的那一瞬间，就把故乡想念得很苍老。

行路一重又一重，乡愁也堆积了一重又一重，离故乡愈久愈长，归乡的心情就愈加迫切。

没有什么困险可以阻挡游子回家的路，即使大水横亘在前，游子也要抱一根芦苇渡过滔滔黄河；即使远在他国，游子的双眼也能穿过重重阻隔望见故乡。

不管走了多远的路，不管离开多久的家，故乡是游子永恒的思念，漂泊异乡的人总是难忘乡音，总是难舍乡愁。

故乡是一双环形的大手，不管游子离开多久，不管游子多么沧桑，它都默默等待游子再次投奔。不管游子心在何处，故乡是一则缓缓漫上心头的歌谣，安慰着游子多愁的额角。

离故乡再远的距离，都不算远，游子用脚步一步一步地丈量着故乡，丈量着一丈一丈的乡愁。

你从来没有听游子说起故乡，你以为游子忘记了故乡，其实故乡一直装在游子的心扉里，不轻易提起。

其雨其雨，杲杲出日。
愿言思伯，甘心首疾。
——《伯兮》

伯兮·在相思中渐次关闭自己

一朵花在夜里渐次关闭自己的花瓣，渐次闭合刚刚开启的青春的花房。

一朵花关闭了自己的颜色，剩余的力量仅仅用于思念和等待。

在无尽的相思中闭门不出，我期待着执殳上阵的丈夫早日凯旋归来。

在无尽的相思中，我关闭自己所有的感官，逐渐关闭这个夜晚，关闭这个不断喧闹的世界。

我不妆不扮，我期待着归期。我期待着爱人依然安好。

然而，思念是一层层被泪水湿了又湿的衣裳，裹着无尽的哀伤，不可抑制喷涌而出。

一茬茬的相思在一个个漫长难挨的夜晚疯长。那一丛丛的思念，是扎在心田上的一把把尖刀。

而我的寂寞如纷飞的雪，堆积的相思在心田开出动人的花，那渐行渐远的岁月的蹄声，踩倒一丛一丛的相思。

待我一朝看尽这花，方知生死遥不可期，思念亦不在开合间；待我一朝看尽这花，在思念中煎熬得人瘦如菊，亦只能挥手抚平镜中丛生的皱纹。

经历风霜的人不肯言语，相思的人紧紧关闭自己的心扉。

待相逢时忆起往昔，已相去几重故国。

有狐绥绥，在彼淇梁。
心之忧矣，之子无裳。
——《有狐》

有狐·我们都是被生活差役的囚徒

生活是一个无处不在的暴君，声色俱厉地奴役所有的人，将所有的愁苦直逼咽喉，谁也无法回避。

日子是一曲缓慢而忧伤的慢板，浅浅而歌，生活中凄苦的无休止的咏叹调，在单调的日子里四处漫延。

岁月像四起的狼烟，误入人间的人一路孤苦，终日奔走的生活没有退身之路。

为生计而一次次被差役的人，根本顾不上衣不蔽体，拖动岁月的步伐缓缓而行。

之子无裳，奈何在穷困潦倒中行向处处深渊的人间？

总有一双牵挂着忧伤的眼，忧心忡忡地看着这一切；总有一支不屈歌唱的笔，把这一切记载，满腹的心酸悲凉记着、唱着。

生活是一个个老旧的齿轮，勉强咬合着，吱吱呀呀拖动着，这么慢的岁月，让劳苦奔波的日子愈加黯然无色。

在生活的夹缝中我们都是被差役的囚徒，被命运之手一轮轮地发配远方。

在命运面前我们都是接受者，听凭摆布和蹂躏。我们装出一副无所谓的表情，饮尽人间的种种疾苦种种哀痛。

之子无裳，奈何在穷困潦倒中行向处处深渊的人间？

投我以木桃，报之以琼瑶。
匪报也，永以为好也！
——《木瓜》

木瓜·以物寓心唯有琼瑶

除了农忙时节，路旁总有三三两两走村串巷的人。

村落间传来稀疏的鸡犬之声；隐约的粥香飘荡在炊烟弥漫的社林间；河水丰沛地流着，一副大气雍容的姿态。

你来，一脸的言笑晏晏。

有时你甜美的歌声从高高的黑瓦土墙后飘过来，有时你挟几粒雨点敲窗而来，有时你捧着刚采下的瓜果款款而来，有时你挟裹着热烈的绿风快步行来。

浮生有爱，白云相待。四时景物如歌，热烈而自我，这是村庄的凡常生活。

在蛙鼓与雨窗的对答声里，冷暖的世情渐渐熨帖于心，以物报物的心意，当还之以心报心。

恰青葱时光，花开不可辜负，花落不至无情。早也凝眸晚也凝眸，我亦知投之桃李报以琼瑶。

美人不可辜负，恩情不可辜负，人生亦不可辜负。内心的执着逐渐与世事和光同尘地和解。

以最美的玉石送给你，仅是以物寓情，聊表寸心而已。

唯琼瑶可相赠，唯它能以物寓心。

知我者，谓我心忧；
不知我者，谓我何求。
悠悠苍天，此何人哉？
——《黍离》

黍离·一个人的托物言志

一个人陷入了无边困顿的生活。

一个人的痛苦无法对别人说出。

一个人摆不脱痛恨万分的生活。

一个人想仗剑劈开乌云，一个人想铺平那些坑坑洼洼的道路，一个人想摆脱他人的枷锁，一个人想把内心的话说给所有的人听，一个人想改变那个高高在上的人的意志，一个人想扯断牵连世事的所有绳索……

一个人怀着多少苍茫悲凉的胸怀，又如何装进不能自抑的肺腑？

一个人在诉说，他说出别人不敢说的事。他且歌且行，他卡在肚子里的肺腑之言如何掏出，他出离惊讶于身边的人冷漠无谓，他愈加看透凉薄人间而狂言狂歌。

一个人在古代忧心忡忡，他的托物言志即使那么可笑，几千年后也会有拊掌而歌的知音。

一个人而今忧心而歌，他歌不完他的忧心忡忡。他想，几千年后是否会有唱和的知音？

一个人的托物言志无人理解，一个人和一个社会以道义的名义联系在一起，都显得那么可笑！

君子于役，不知其期。曷至哉？
鸡栖于埘。日之夕矣，羊牛下来。
君子于役，如之何勿思！
——《君子于役》

君子于役·而今的离别已不堪久等

此前，离别只是一次小小的分别，只是一些快意嬉戏的玩闹；

此前，离别只是一次小小的告别，只是一段轻缓舒展的离歌；

此去，离别成为背井离乡的远行，不知归期未卜平安，在漫漫的季节中久久守候。

此去，一个接一个的夕阳沉重地压在心头。牛羊归栏鸡鸭归埘，夜幕笼罩下的事物回归于各自轨道，渐次安息于厚重的眼皮，你仍未归来，在夜里思念却是没心没肺地涌来。

爱情可以经得起热烈，经不起长久离别的考验；家国可以经得起平庸，经不起旷日持久的战火焚烧。

所谓爱恨情仇，往往敌不过庸常的生活，往往淹没在庸常的生活里。

在长久的等待中，思念可以更平淡亦可以更热烈。

夕阳西下，在鸡飞狗跳中安顿生活，却尚有一腔难平的愁绪。

此去，归期仍未知，离别久远不堪久等。我别无所求，仅仅祈求你快些平安归来。

君子阳阳，左执簧，
右招我由房，其乐只且！
——《君子阳阳》

君子阳阳·怀一片慈心看滔滔人间

归来散淡无拘无碍，是我；
自得其乐不悱不愤，是我；
从心所欲心神驰往，是我；
庭院赏梅书房听琴，是我。

独居山中，门前松针挥扫着洒在阶前的阳光，有青山隐隐入门框，是一幅不需装裱的山水画。

山高，自然没有尘埃飘落，也没有蚊蝇蜂蝶的滋扰。

有时兴起提桶汲泉，在弯弯的山径路上一路泼洒笔意，溅起一朵朵欢快的水花。

欢快的鸟雀是门前热闹的常客，与岁月不相厌弃，时而突然兴起婉转的叫声。

不去攀爬权贵也不当一名资深愤青，我开始散淡而自我而自然，天天于草庐中听风听雨观云观雾，让岁月呼啸而去，让丝琴与白鹤在心中翩翩起舞。不去固执一方天心，梅鹤亦不必相伴，让内心在天地间遨游驰骋，则万事万物相映于心，即或委落尘世，也如一颗和光同尘的珠子。

那些引车卖浆者，那些市井屠狗辈，那些破落读书人，是我，是我在人间的深昧于行，是我散淡的姿态深藏于世，不与君子比德，潜藏人间声色。

我思故我在，独立一隅不惊动他人，深怀一片慈心观看滔滔人间。

我虽小，我一样立在天地间。

扬之水，不流束薪。
彼其之子，不与我戍申。
怀哉怀哉，曷月予还归哉？
——《扬之水》

扬之水·一步一回头的世界

马蹄莲在旷野上奔驰，吹响清秋的重露；

受惊的世界蜷缩着，像是一只小蜂躲进马蹄莲的花房；

我在想念着远方的亲人，抑制不住的狂思像奔马在脑海里疾驰。

谁正在向着世界吹响征战的号角？

暴风雨阻挡不了冲锋的步伐，风声呼喊声中隐藏一把把戈戟，收割一匹匹健壮的生命；马蹄莲在战火中讴歌，它看见了征战中的鲜血，看见鲜血绽开一朵朵红色的花。

我只能接受命运安排的一切，不管喜欢或是憎恶只能照单全收，且无以为报。

明天太阳依然照常升起，明天我能否安然离开这个战场，返回我的家园，再见我的爱人？

这从来都是一个无解的题。

马蹄莲向着世界吹响号角，世界蜷缩成一个小小花房，我仍然拽着戈戟整装待发，仿佛拽着自己的命，行走在生死的边缘。

滑过天际的流星，谁也挽留不住它的速度，以及挽留不住它的光与热。我在夜空中思念着我的家园，也如一颗找不到家的流星，且盼且惧明天的到来。

一步步挣扎在生与死的边缘，一步一回头地望着世界。

中谷有蓷，暵其脩矣。
有女仳离，条其啸矣。
条其啸矣，遇人之不淑矣！
——《中谷有蓷》

中谷有蓷·套在女人命运上的枷锁

如一则很久远很破旧的传说，如一阵杳不可闻的歌谣，如破蔽的茅屋遮挡不了狂风骤雨，她的内心装满太多无以言表的惆怅。

在婚姻里受伤的女人，无法解开命运的枷锁。

她只能于无人处放歌，只能且歌且泣，只能且泣且诉。人多时，她无可辩解，无处诉理，没有评判天理人心之地方。

“女人哟，油麻菜籽命，落在哪里长哪里！”

为什么？！为什么是这样的社会人伦法则？为什么命运的枷锁总是套得这么紧？

千百年来无人能答。前世来生，仿佛有看不见的绳索紧紧套住，你费尽心思亦无法解开。

为什么女人生来是油麻菜籽命？这是谁定下的法则，为什么女人的命运只能默默地承受？

红尘万里，米面人生中多么残酷的现实，将愿望低入蝼蚁，你无法不一一认领的命运。

不，油麻菜籽不是女人的命运，益母草才是和女人相依相爱的命运。女人一生与益母草结缘，这是与女人不弃不离的草，呵护着女人生命的草。

这是你最简单的心愿：愿得一人心，白首不相离。

岁月仍在水深火热之中，生为女人，是你一生无处可说挥之不去的惆怅。

有兔爰爰，雉离于罗。
我生之初，尚无为。我生之后，逢此百罹。
尚寐无吪。

——《兔爰》

兔爰·带着爱恨情仇去流浪

颠倒的社会像倾倒的炉火四处燃烧。

在人生的边缘上困兽般地寻找生路。

生于这个时代，这是我们无法躲避的苦难，我别无选择，除了扛着这份苦难前行。

充满偶然的事件太多，充满偶然的世界总是如此，紧逼着挟裹尘烟而去的故国故人！

生不逢时的命运，或者逃亡或者流浪，或者行军或者投奔，每行一段路程便以长歌当哭，欲将整片山河哭累哭倒。

亲人是用来别离的，骨肉是用来哭泣的，家园是用来焚毁的，官场是用来痛恨的，世界是用来流浪的。

在一次次的别离中，一次次悲痛欲绝让既痛且恨的人直至麻木无感。

所谓流浪，无非是一个人带着自己的躯体和爱恨情仇在世间进行一次浪迹天涯的漂泊。

一段段的家仇国恨不忍卒读，带着爱恨情仇离开家园，开启流浪模式。

生于乱世，流浪是一种自我的救赎，或是更深的沦陷？

绵绵葛藟，在河之浒。
终远兄弟，谓他人父。
谓他人父，亦莫我顾！
——《葛藟》

葛藟·多少事以爱的名义伤害

所谓人情淡薄，荒诞现世，比流光更加变幻无情，世事人情如此冷漠无情，那个离家的人无可留恋又难熬追思。

岁月终将让所有的人离散，而我内心充满与生俱来的孤独。

我说不出伤口来自何方，爱我的人或许往往伤我更深，以爱的名义行事，以爱的名义伤害。

而这恰是你不能拒绝的爱。

岁月流逝无痕，我从胸膛打捞失去已久的月亮。人生如草长如莺飞，泛滥的爱无际，唯有长久的自爱自重。

常说世事深险，人心尤为深险，连身边人也无可揣度，即使亲情亦是难以顾及。

终远是永恒的话题，但人生不要一登场就草草地收场。

涓滴终会汇聚成河，一个人的无依，一个人的流离，一个人的悲哀，一个社会的冷漠无情。

多少事以爱的名义发生？不是暗箭难防，有的箭从心头射向心头，你根本猝不及防，你根本防无可防。

多少事以爱的名义伤害？

彼采萧兮，
一日不见，
如三秋兮！
——《采葛》

采葛·思念总把时光一次次拉长

日夜采葛织布，采萧以祀，采艾治病，对你的思念日夜萦绕在心间。

我越想念你，一点一滴的时光拉得越长，日子越发显得漫长无垠。更加难忘的回忆是越见不到你时越焦急。

时间和空间都是思念的捕捉器，它记取一幕幕往事，它沾染了相见时的缠绵和别离时的难舍。

只能在对你的描摹想象中等待光阴，只能在等待中苦捱时光。倘若可以，我恨不得像摔碎瓷器一样摔碎时光。

劳作的人于春光无限的原野中拣择野菜。劳作中的人是充实的，在劳作中汗流浃背，在劳作中思念，一切的味道咸而芬芳，包括思念，包括等待。

我们采集着泥土的味道，我们采集着原野的味道，我们采集着汗水的味道，我们采集着思念的味道，我们在采集中互相思念。

原野在那里，春光在那里。一点一滴的时光被采集，织成一匹匹日子，也织成一匹匹思念。

我们辛苦劳作，我们期待永不再分离的日子早些到来。

思念却把时光一次次拉长，让你我苦等。

穀则异室，死则同穴。

谓予不信，有如皦日。

——《大车》

大车·向命运宣战的爱情

不能杂糅进沙子的，除了眼睛，还有爱情。

生活总有许多突如其来的变故，生与死、爱与恨、恩爱与别离……一堆堆的爱恨相续而来，你根本别无选择。

于爱于恨，今生各有各的缘起，各有各的旅路，聚离或许早已是一种命定。

也许，因与恩怨纠缠、与家族相杂、与生活琐事混合，爱情常常成为被谋杀的对象，利益交换的牺牲品，矛盾的妥协，也容易窒息，如同社会中一个微不足道的细胞。

与生活不断排列组合，触及生与死，才会让人冷静地思考，衍生出许多共同的话题。

天地有大限，任谁都无法突破。但我们生生世世相约，每一次的生死都永不分离。

即使在死亡面前，我们也要留下惊世骇俗的爱，以惊绝千古的誓言向命运宣战：我们的爱不可分离。

我们因岁月相召而相聚，如果生活还要把我们生生分离，死亡时我们也要相拥相抱，这是我们生死不渝的爱情，也是我们相互的诺言。

我们感恩爱情，亦无惧命运的摆布。生不能同室死亦要同穴，这是对爱情最彻底的坚守，也是对生活最彻底的誓言。

丘中有麻，彼留子嗟。
彼留子嗟，将其来施施。
——《丘中有麻》

丘中有麻 · 朴素而热烈的爱情

清晨时山谷的空气是清洗过的，用晨岚雾霭轻轻擦拭过，带着露水的清新。

夜晚时山谷的空气是浸泡过的，用葛麻用麦粒用桃李的芳香浸泡过，带着花果的香味。

原野是我们另一个隐秘的约会地点，清晨或者夜晚，带着劳作后的愉悦。朝也见晚也见，我们须臾不离。

我们相约在葛麻地，我们的爱情如葛麻一样交织在一起，彼此缠绕永不分离。

我们相约在麦地，让爱情如麦粒一样茁壮，不求最大的那一穗，只愿我们的爱情和麦子一样丰收。

我们期待秋天的到来，让岁月的果实经历烈日的暴晒和风雨的考验。让我们的爱情艳如桃李，艳丽开放硕果累累；让我们的爱情芬芳如麦，如饱满的岁月。

天地安宁，岁月静好，这是我们约会的处所，我们日日在此相会，以天地为盖以原野为席，见证我们朴素而热烈的爱情。

像这样的爱情，父辈如是，我们亦如是。

缁衣之宜兮，敝，予又改为兮。
适子之馆兮。还，予授子之粲兮。
——《缁衣》

缁衣·平淡如衣的爱情

我见过太多热烈的事物，它们往往不能长久地热烈，其中大多数很快就衰退了。

让光进入眼帘，让爱情平淡些。

我崇尚那些平静的事物，它们处在半明半暗之地，在平静的对视中，仅透出些许的微光，只要能眼眸互照，即能彼此相互感应，唤醒一些情愫，唤醒对事物的观照。

琐碎生活的本质亦是真实，它将质朴的生活作一次再现。

譬如爱情，有轰轰烈烈，也有温温吞吞，但我也比不出谁好谁坏。

爱如缁衣，生活如缁衣，破了就再缝补再改做，物尽其用，爱情应当如是。

物不可久执，情亦不可久牵。

那些所谓轰轰烈烈的爱情，要么浓烈如酒，要么一波三折，要么欲生欲死，不过是供人茶余饭后的爱情谈资。

平淡如缁衣的爱情，应是许多人的选择，它平常如凡夫俗子的米面人生，如男耕女织的人生。不过我想，身为凡常普通之辈，喜欢爱情平淡如缁衣的人，应该会更多一些。

若要以物作喻，爱如缁衣。

将仲子兮，无窬我园，无折我树檀。
岂敢爱之？畏人之多言。
仲可怀也，人之多言，亦可畏也。
——《将仲子》

将仲子·让我怎么说出口

一段一段的阳光泻下，活蹦乱跳的样子，毫无顾忌地洒在一片一片的屋瓦上。那么强烈的光和热，和你赤裸裸的目光一样灼热，让我不敢直视阳光，也不敢直视你的目光。

微风还是那么羞涩，欲吹不吹，轻轻摇动庭院的树，也轻轻摇动我的心。

蒲公英虽然已经与风早有约定，却总是小心翼翼地送出绒花，总是一副不舍的样子；却又忘记绒花总要随风而去，总要寻找它的新家。

月季花还那么娇怯，一层层的花瓣护着花蕊，欲开不开的样子，我的心肝儿还在怦怦地跳动！

我害怕你来，我又害怕你不来。我总是左右为难，我又不能说出，我又不会藏匿小秘密，像母鸡那样藏匿它的蛋。

夜却那么静，庭院里总是沉默着。这么沉静的庭院，我不知如何开口，没人告诉我应该怎么办。

躲开灼灼的目光，放慢步伐，阳光不会那么惹人注目，你不会招惹太多非议。

来得太快的消息总会让人讶异，即使没错，也要躲开不必要的流言蜚语。何况，父亲兄长的目光似乎有些不悦，左邻右舍的话那么意味深长。

我知道说不清的事情太多。何况一些事越说越说不清。

夜却那么静，石头也总是沉默着。这么沉静的庭院，我不知如何开口，没人告诉我应该怎么办。

左右为难，我又不会像母鸡那样藏匿小秘密。

让我怎么说出口？

叔于田，巷无居人。
岂无居人？不如叔也。
洵美且仁。
——《叔于田》

叔于田·沦为跟在生活后面的猎狗

曾经，我和我的伙伴几乎都渴望拥有一条这样的小猎狗：

这条猎狗要听话，要勇猛，要可爱，还要威风，要善解人意，还要长得威风凛凛。

如果再长高一点，我还要背一把猎枪，跟着三叔身后，和他一起上山打猎。

三叔家的大黄狗，不仅善解人意，而且简直听得懂人话，人和狗一起成为少年儿童崇拜的偶像。

要当一名拉风的猎人，成为久埋于心的愿望。猎人可以在出门前灌两口酒，可以拉风地带上条猎狗，故意踩出惊天动地的脚步，还要让村里最美的姑娘听见雄赳赳气昂昂的歌声。

后来我才知道，每个小伙伴都有一个这样的愿望，只是有些幸运的小伙伴曾养过一条小狗，客串过几回小猎户。

而我唯一的一次机会，在缺衣少食的少年时代，终于被允许喂养一条小黄狗，却只养了没两个月就丢了。伤心了好些天，就像丢了儿时最美好的愿望。

后来，许多愿望起起落落，只是当初成为一名猎人的愿望还未实现。

后来发觉，在生活面前一次次狩猎与被狩猎，不自觉地趴下腰身，沦为跟在生活后面猛跑的一条猎狗。

后来发觉，想当一名猎人的愿望，成为早早就埋在一生里的伏笔，却无法实现。

清人在彭，驷介旁旁。
二矛重英，河上乎翱翔。
——《清人》

清人·多少悲怆往事仍然重演

一支不惜以百姓的血肉膏养的军队，倘若不能肩负起应有的使命与担当，不能肩负起整个国家的重托与责任，它何以立国？它何以安邦？

它很快就被埋进历史的尘埃，成为敌国的笑柄和人民的痛点。迎接它的只是百姓的唾骂与痛恨。

古往今来多少王朝兴衰更替，笑骂且由人，这片灾难深重的土地上有多少悲怆的往事让后人凭吊不已？

在征战中以天下苍生为劫灰，国破家败人亡，重复演绎的悲剧最痛。

最大的腐败在于不作为，最恶劣的不作为在于作秀。

视养兵为儿戏，千日养兵难免一朝溃散。一个民族的梦想和一个时代的重托，国之屏障成为天大的笑话。

惯于做表面工作的将军，甚至不如赵括的纸上谈兵，让臣民愤慨，让百姓唾骂。

如今，你不能以眼泪安抚一个民族的希望，你不能以眼泪安抚一个国家的命脉。

历史往往惊人的相似，多少悲怆往事仍然重演？

浮华的表象和徒有其表的事物，从来都不会有好下场。

羔裘如濡，洵直且侯。

彼其之子，舍命不渝。

——《羔裘》

羔裘·家与国的生死情怀

在心系家国生死与共的情怀中，恂恂养出一腔的浩然之气，还是做一名负薪者，勇敢担当起向死而生的使命？

有不惧于生不惧于死的人，有爱人胜于爱己者，其必有其大于生命的力量，于此让人一一舍弃自己的生命。

视死如归者，心意如刀锋直行，有着临渊而行的勇气，有着舍我其谁的气概。

心无所执的人，在心中磨砺着一把利刃，让这刀锋斩尽世间一切的乱麻，去破开心中的所执，不执不碍于一切相，而后破尽一切相。

漫长的蹉跎岁月中，你一无所有，你只能砥砺着自己的意见，不能回头地一意前行，无论与万千人一起，还是独自一人，皆是勇往直前。

所坚守的家与国，是我们多年的情怀，是我们的永恒家园。

回到过去与未来，我们不忘来路不惧风霜，我们守着自己的心，我们活成曾经期许自己的样子，活成一块无瑕的美玉。

当生活不再偏执，当我们成为历史，当尘埃落定，漫长的道路会有尘埃淹过，也会有后来者将这一切铭记于心。

家国荣辱相连，而今能有几人？

遵大路兮，掺执子之袪兮。

无我恶兮，不寁故也！

——《遵大路》

遵大路·误入岔道的爱情

以爱情的名义开始，却以离弃的结局收场。

谁也说不清的世事变迁，谁也道不明的人心走向，谁也不知明天将会发生什么事件，谁也不知道祸福哪一个先来。

爱情不是一段陌人相逢的旅行，不是一场生死并肩的战斗，不是一次哭哭啼啼的吵闹；爱情是一次誓言，一场盟约，一个家族的延续。爱情有开始，有过程，走到后来，有的平淡如水，有的名存实亡，有的惊心动魄。

行路难，行路难，有那么多人在同行的道路上因爱飘零，因爱离弃。

开始的爱情都是相似的，有的爱情走着走着不小心就走进了岔道。

没有美满结局的爱情，一定是有某个程序出了差错，出错的原因却无法判断，是自己的程序还是另一方的程序，是是非非无从说起。

你只获得一段人生的经历，却无法重来。

你终于忍不住说出，见异思迁的人必须受谴责。否则受害的是整个社会，见利忘义的国家更要受谴责，否则受害的是更多的国家，甚至席卷整个世界。

生活如此，爱情如此，家国如此。

宜言饮酒，与子偕老。
琴瑟在御，莫不静好。
知子之来之，杂佩以赠之。
——《女曰鸡鸣》

女曰鸡鸣·平淡而有味的爱情

真水无香，真挚的爱情往往与生活紧紧相连，带着泥土和汗水的味道。

平平淡淡的你，平平淡淡的我，平平淡淡的爱，平平淡淡的生活。这至味无味的爱情，这至味无味的生活。

我们的爱情经受了人间种种烟熏火燎，种种声种种色，有着旺盛的生命力，蓬勃而热烈，如地火一般地燃烧。

有的爱情是男耕女织，有的爱情是琴瑟和鸣，有的爱情是鸡飞狗跳，有的爱情是举案齐眉，土得掉渣和美到极致的爱情在本质上并无两样。人间静好，我们深谙世事之变化无常，我们不再追求完美人生，我们的生活还是土一点的好，我们的爱情还是土一点的好。

平白之语往往含有至味，如粗茶过喉苦而后甘，只在某日忽有所感时，余味一一涌上心头。

不期待亘古不变的岁月，一天天地老去的生活是美好的，它们是真实的，鲜活的，不去管地会不会老天会不会荒，我们就这么生活。土得掉渣的生活，是我所想要的生活。

时光如此静美，纵使我们渐渐老去，我们仍然为生活而奔波，为生命而放歌，为爱情而琴瑟。

在生活中摸爬滚打，我们爱情就如我们的生活，有汗水，有泪水，有泥土的味道，有田园的味道。

我们并不互相嫌弃，握着你的手，这一刻，我渴望时间停下来，世界停下来。

有女同车，颜如舜华。
将翱将翔，佩玉琼琚。
彼美孟姜，洵美且都。
——《有女同车》

有女同车·季节如你，有花的容颜

幸好海未枯石未烂，幸好江山静美世事恒常，幸好你的笑脸依旧，幸好你我正当年少。

芙蓉花开，一季一季地恒常开放，季节恰如你的容颜妩媚而缤纷；一曲恋歌款款而来，花影摇日，恰如我此刻飞扬的心绪。

季节是一格格的栅栏，星移斗转中你我隔得再远，也隔不开我追逐的脚步。

睁眼期盼，合眼思念，经历多少睁眼合眼的期待啊，今日方得与你同车而行。

让我们的婚车满载幸福，让江山依然妩媚如初，这是我们婚姻的宣言。

幸好所有计划如约而至，幸好我们的誓言一一印证，幸好江山未老，幸好光阴未被虚掷。

来吧，让我们一起登上生活的马车，一起沐风栉雨；让我们登上家与国的快车，一起奔向属于你我的康庄大道。

这个季节如你，有花的容颜，在一一开合间流转。

萚兮萚兮，风其吹女。

叔兮伯兮，倡予和女。

——《萚兮》

萚兮·叶落归根的爱情不过是一场聚离

众水升腾而起，脱离四季的怀抱，秋叶们在回环往复的光阴里蛰伏着。

在众多绿叶的呵护下，花开花落的爱情在春天里纷纷扬扬，到了秋天演化成一场场瓜果飘香的美好。

没有什么比飘零而下的树叶更美，它们纷纷跳下枝头，它们脱离树的托举投向大地的怀抱。

秋叶竞相萎落成泥，完成一场契阔已久的使命，季节的更替如此迫不及待，一个季节不再耐心等待另一个季节前来唤醒。

零落成泥的往事，无非是泥土与花木年复一年诉说不尽的话语。花木的绚丽终须回归大地，青春的绚丽却将流逝何方？

一起尽情歌唱这个季节吧，用我们青春的歌喉来诉说这季节的更迭。

我愿做那片黄叶，飘零又如何？逝去又如何？岁月从不肯为谁眷顾，我亦将不再回头。

趁这秋风起，一起看尽这人间的枝叶如何凋零，这叶落归根的爱如何投向大地。

如需别离，一起呼朋引伴高歌一回，作为最后的告别，溅起对这个世界的无尽眷念。

子惠思我，褰裳涉溱。
子不我思，岂无他人？
狂童之狂也且！
——《褰裳》

褰裳·生命苦短，而我不能苦等

在四目相对的那一刻，我秒懂你的含意。

你的眉眼摇动，江山跟着摇动。

懵懵懂懂的青春转瞬即逝，患得患失的人总是不敢迈步。

你的眼光跟着我的衣裾飞扬，光阴正火辣，含苞的花儿也需要热烈开放。

总要经历一场场的抉择，生命如此短暂，那就爱吧恨吧直奔主题吧，选择一个能依托生命的人，我不能无度地浪费光阴。

你我正年少，不妨轻狂些吧，爱情需要直抒心意的表达，爱情需要直达结果的勇气。

你爱，你就来吧！一起挥霍青春，一起挥霍爱情。青春和爱情即使没有挥霍，它们最终还是归空清零。

你如不爱你且放手，我亦将义无反顾离去。芳华易逝生命如斯，我们怎么能拖泥带水？

起初的云淡风轻，是一个慢慢设下十面埋伏的过程，你在幡然醒悟的时候，错过的青春不会再有重返的机会。

于你我而言，挥霍的青春总好过无谓的浪费，起码我们并不虚度年华。

生命苦短，而我不能苦等。

子之丰兮，
俟我乎巷兮，
悔予不送兮。
——《丰》

丰·爱亦难恨亦难的人生

我怀疑最深的伤害往往以爱的名义实行，最爱你的人以爱你的名义施爱，他们理所当然振振有词，而你已经被安排好的命运不能稍加改变。

我怀疑被扭曲的心，将以扭曲之心为校尺，自以为是地一再扭曲他人的心。

我怀疑最自私的想法往往以最无私的理由，以关爱者的名义，以布道者的身份，强加于他人身上。

我怀疑岁月是一匹阴险的跑兽，惯于在不设防的人心布设陷阱，捕获一场场悲剧作为漫长岁月的佐料。

而我只能接受，一样也不能拒绝。

如今，有多少爱用于别离，有多少恨用于堆积，爱也难恨也难的人生无非在这两者之间游荡。

宁可从来都没遇见你，宁可从来都没爱过你，宁可你从来都看不上我，宁可一起奔赴远方的江山，宁可没有来到这个世界，宁可没有宁可。

被耽误的青春，有时难分对错，难以抗拒。痛彻心扉的悔恨，不在于遇见你，而在于遇见又分离。

更多时候，不能相守的相爱不如一开始就相互厌弃，我只悔自己当初的无所适从。

爱亦难，恨亦难，一想到这些就悲从中来。

东门之墠，茹藘在阪。
其室则迩，其人甚远。
——《东门之墠》

东门之墠·你在咫尺爱情在天涯

我是一只在你的眼神里受到惊吓的小鹿。

我住在巷子的这头，你住在巷子的那头。我站在门的这边，你站在门的那边。

你天天从东门走过。我的目光天天穿过几米深的巷子路，等待你的出现。

家门相对，而你的身姿难以顾盼，而相思难以传递。

不知何时起，我不敢抬头看你，我怕你看穿我的心思，我怕我的眼神会泄露我的秘密。

我几乎可以预知你的出现，但我知道和你的距离还隔着太多的风花雪月。

我将你收藏在心底，我一直活在你视线之外。

穿巷而过的北风呜呜不停，如怨如慕，如泣如诉。我不敢有太多的想法和要求。我竟然不如北风，我还是不敢直截了当地向你表白。

人在咫尺，心却如隔天涯。相见不难，心却莫能相近，而我不敢向你倾诉我的思慕之情。

我不能自作主张，选择我的未来；你如果不来，我不知何处可去。

世间最远的距离，不是路与路的距离，不是天涯与海角的距离，而是心与心的距离，而是陷入遥遥无期的相思。

东门并不遥远，岁月不能长久等待，思念不能长久等待。

你在咫尺，爱情却一直在天涯。

风雨如晦，鸡鸣不已。
既见君子，云胡不喜？
——《风雨》

风雨·水落石出方能懂你

晴日是一首灿烂的歌，风雨也是一首淋漓的歌。

淋漓也是一种美，比之于灿烂它来得更含蓄深沉。

万物因风雨而润泽，因晴天而生长，你因风雨而洞见世人之心。那群惯于趋利避害的人，或施施然，或陶陶然，精心地从世事里捕捉一袋袋名利。

世事变幻和朝代更迭，都因暴风雨的猛烈洗刷，尘世中的宿怨和流毒，也因着暴风雨的洗刷而逝去。

在世事的冲洗下如中流砥柱的人，必有铮铮之节气，如囊中之锥脱颖而出。

让风雨大作吧！只有花花草草才在风雨中趴下，乔木会在狂风骤雨的浇灌下拔节而起，崖石会在风雨漂洗打磨中更显出嶙峋的骨骼。

让人折服感佩的风度，既有晴日的灼热，也有风雨的漂洗，你因之有了从容不迫的气势，如山，如水。

一些坚硬的事物必须在风雨中寻找，风雨交加的时节，风雨漂洗着山川大地，万物以此得知敬畏自然。

在风雨之后，在水落石出之时，我秒懂了你。

我们在风雨之患中互相守望，方得以心交心。

青青子衿，悠悠我心。
纵我不往，子宁不嗣音？
——《诗经·子衿》

子衿·你还欠我一场花前月下的约定

阳光泼洒在松针上的绿意，一点一点地暖入心扉。

一定是山之黛装饰你的眉，水之漩装饰你的笑脸，皓月装饰你的明眸，洁白的贝壳装饰了你的牙齿，你的身影才那么难以在我心中挥去。

犹记得你一身青衫，带走整座山的青色，让我忆起上次在郊外踏青归来时你的气息。

我守着我们的约定，继续等待着再一次的共看花开，等待着再一次共赏月圆。我还等待着你松涛般的笑声，打开我的欢颜。

你总有忙不完的事，约好的时间你还不来，如果你再不来，我就要和天天来粘我的大牛儿玩了。

我不想说出的事物因等待略显得有些美好，也让我显得有得有些焦躁不安。你还不来，花儿已经开得不耐烦了，月儿也圆得不耐烦了。

你还欠我一次郊外踏青的约定，你还欠我那一场花前月下的约定，你何时方能履行诺言，不再让我焦急等待？

青青子衿，一个那么美好的词被用了几千年几万遍，纵然有些许不满，面对你仍有说不完的思念。

出其东门，有女如云。
虽则如云，匪我思存。
——《出其东门》

出其东门·寻找那处养眼的风景

在我眼里，所有美的事物都那么赏心悦目，可每一种美却都独具特色。

我发现世上的美都宜于远观，因此我不会执着于你是否动容蓝天上盛开的每一朵白云。

有的美带着罂粟般醉人的毒，有的美暗藏玫瑰枝条上的刺，有的美昙花一现遽然消逝。

那些不可方物的美，我不想碰触不想拥有，越美丽的事物越潜藏危险，越美丽的事物越易于消逝，这不是我所能拥有的美。

在我的视线里，不一而足的美太多，令人眼花缭乱。你并非最美的人，但你的美最与众不同。

一切是多么公平，在花丛中迷乱眼的人，找不回自己的心，也将找不到回家的路径，他将失去整个世界。

在众美面前，我们需要有所取舍；在世界面前，我们必须有所取舍；在短暂的生命面前，我们更须有所取舍。

所谓从容，是一种放下，一种取舍，一种智慧。

所以，在恋恋风尘里，我经常一副无所事事的样子，其实我一直在寻找那一朵心仪的花朵，寻找那处养眼的风景。

野有蔓草，零露漙兮，
有美一人，清扬婉兮。
邂逅相遇，适我愿兮。
——《野有蔓草》

野有蔓草·用露珠一样的诗句敲醒爱情

我已经走了很远很远的路，我用脚步丈量着心与世界的距离，一路风尘在我的脸上留下斑驳的印记。

我的内心已经渐次沧桑，我读过的每一个古人都让我活过一世，我读过的每一本书都让我看透一个时代，我活过秦汉活过隋唐活过明清，如一个历尽沧桑的行者。

荒草逐渐淹没台阶，淹没行走的脚踝，淹没翻开的书册，淹没一页页的日子。我渴望走向荒无人烟的远方，寻找适宜我生长的土壤。

路延续向远方，理想与现实的距离需要用汗水一次次拉近。我用草叶之清露，洗去肺腑沾染的人间烟火色。

岁月有爱，长久相待。

有那同心同性的美人在道旁等我，那有相知相守的美人在前路等我，她和我一样带着天低云近的味道，春雨蒙蒙的味道，空谷幽兰的味道，高山云雾的味道。

我们有着梦一样的浮生记忆：是春夜细微的雨脚点在草芽上，是荷的清气浅浅浮在池塘上，是菊的奇清沾着墨气洇在团扇上，是红梅的香气轻轻游弋在雪地上。

世界如此之小，我宁可和我的美人走向远方，用露珠一样清澈的诗句敲醒我们的爱情。让每一颗露珠都映照美人的回眸，让每一颗露珠都承载着世界的重量。

至情有如无情，至味有如无味，我们来到人间，只为留下苦涩与芬芳。一生中的往来，堪作一场无情游。

我们愿意这样的人生。

溱与洧，方涣涣兮。

士与女，方秉蕑兮。

女曰："观乎？"士曰："既且。"且往观乎？

——《溱洧》

溱洧·世事如原野上的花开花落

河水泱泱而过，两岸星星点点的花探出头，季节在大地上翻开崭新的一页。

花与花距离那么远，它们遥遥以香气握手、行礼、聊天，它们在风中澎湃的青春气息，如人相约。

又逢春暖花开时节，这初放的花与这青葱岁月的人，在阳光下温暖宜人。

多么年轻的人啊，他们笑脸如春风，他们步履如飞，脚落花开。

更加炽烈的春光是一曲美妙的歌，春光里的事物都要放开歌喉，打开所有的细节，尽情歌唱。

一起去看花吧，看兰花看芍药看尽一切春花。有你的风景和没有你的风景，花仍是花，我们却可以执手相见。

每朵花苞都以自己的方式打开自己，一场场盛开的人间欢爱此起彼伏。

此岸是花，彼岸亦是花。

熟透的果实坠向地面，岩石沿着地球引力深入大地，有莫名的力量引领我们抵达，并接受与生俱来的疼痛。

不断延亘的青春，不断延亘的生命，不断延亘的世事，如原野上的花开花落，亘古至今不曾停歇。

俟我于著乎而，
充耳以素乎而，
尚之以琼华乎而。
——《著》

著·在甜蜜的婚房里期待

不敢在夜的房间掀起我的盖头：
烛火是一匹面纱在风中左推右挡
时间如蚁脚轻快地从黄昏爬向黑夜
四面摇曳的光，四面语声如潮，涌来
不能走出的婚房是一枚密不透风的果实
我在慌乱中期待着更深的夜更快一点降临
暂时禁足的人仍然封存在甜蜜的婚房里
我只敢透过红头巾的缝隙偷窥你一眼
仿佛太过莽撞会把美好的事物惊走
但只有两个人厮守的夜如此静美
共同守候一点一滴流逝的光阴

东方之日兮，
彼姝者子，在我室兮。
在我室兮，履我即兮。
——《东方之日》

东方之日·家是一生最大的舞台

我爱我的美人胜于我拥有的一切，我的锦绣江山因爱而生；我爱我葳蕤的庭院，只因我爱的美人在庭院。

以家为一生最大的舞台，我们的笑点、泪点都在家中迸现，我爱我的美人甚至胜于爱我自己。

即有漫漫光阴，良宵依旧短暂，我的美人就在家中，何不与我的美人终日厮守？

我们宅在家中当一名默默无闻的寡民，安静、沉默、毫不张扬，朝夕相处相看不厌，这是我们的爱，像囤在家里的水稻、小麦和甘薯，带着大地厚实的温度。

我们的爱情来自大地，有着大地宽广厚实的胸膛。我们的爱情和生活都与粮食有关，米面人生红豆爱情，一桶姜山半壁社稷。在大地上进行的事物有如粮食，一岁一熟，一岁一收。

如果一切如常，我将和我的美人在家中厮守几十年的情与爱，直至终老。

多少人一生不是这样度过？生与死、爱与恨都宅在家中轮番上演，家是我们一生最大的舞台。

有的人永远只爱自己，这样的人要么自私，要么自恋。

我不愿当那样的人，这是我的选择，我之所乐。

折柳樊圃，狂夫瞿瞿。
不能辰夜，不夙则莫。
——《东方未明》

东方未明·宿命论是一只在世间行走的猫

长夜未明。

长夜难明。

长夜不明。

一场场含悲夹怒的闹剧在漆黑的夜轮番上演，无休止地劳役混杂在颠倒错乱的时辰，惺忪的双眼难敌人仰马翻地驱赶。

一些人将冷漠和轻蔑写在脸上，另一些人的内心是一锅沸腾冲霄的热水，鲜血淋漓的对峙。

这是我们无法摆脱的宿命，在无休劳役中被榨干每一滴血汗。

在夜路中被驱驰被放逐的人多么渴望青天朗日。

你不再心存幻想，荒诞剧本源于昏庸无道的社会。你只担心崩坏的世道难以恢复清明，你只期盼浩大的苦难赶紧结束。

在一场场破灭的幻梦中，一群悲愤的人对天扼腕，脸上带着一贯的谦卑和无奈。

何处明月照沟渠，唯有扯出悲凉的热肠照看皎皎心月，忍住一眶热泪。

山杳水逝，布谷鸟的鸣叫声声可闻，一首歌掀开时代的黑暗和内心的苍白，向着刀斧砍斫的世事而行。

苦痛无处诉说，一群人悲愤的喊声响彻云霄：期盼已久的黎明何时到来！

你掀开一层一层的黑暗，红尘早已无比沧桑破敝。

世事如此荒谬，宿命论是一只行走世间的猫。

南山崔崔，雄狐绥绥。
鲁道有荡，齐子由归。
既曰归止，曷又怀止？
——《南山》

南山·一说便是举国之恨

有美人一笑，有江山一诺。

多少故事反复演绎，多少江山以爱的名义葬送，多少朝代在倒行逆施中被更替，多少愤恨的冷眼被埋进染血的热土，多少君王在江山拱手相送中背上千古骂名？

你以为江山为你一人所有，百姓为你一人所有。你把江山看冷了眼，你不知江山永远不可能属于一个人，江山是天下人共有的江山。

拱手相送的不是江山，相送的是举国臣民的前途与命运，相送的是民族国家的命脉与未来。

你不肯承认，所谓不爱江山爱美人，仅仅是你的一个托词。

祸害众生的不是女色，而是不受约束的权力，而是无道德无底线的内心。

将举国百姓的生死命运玩弄于股掌之上、裙衩之间。最可恶的误国，莫过于此。

相信曾有发自内心的爱，然而却把江山舍弃，百姓舍弃，道德舍弃，人伦舍弃。你彻底舍弃，直至一无所有，直至沦为亡国的终路。

不要轻言爱美人不爱江山，一说便是举国之恨。

试图画出秋蝉的啼声，用前朝某人的一点儿眼白。

婉兮娈兮。总角丱兮。
未几见兮，突而弁兮！
——《甫田》

甫田·在岁月中逐渐荒芜的爱情

在忙碌中生活，抑或生活陷入忙碌中。

大片田园已经荒芜，野草抢占妖娆的春光，青春排山倒海而去，家园荒芜多时，你还不归来。

经年累月的操劳，渴望的心也已经厌倦，内心的荒芜远甚于土地。耕种的季节到了，收获的季节到了，我们的田园依然无获，青春经不起愁怨。

期待了一次又一次，失望了一次又一次！

不去想念远方的人，一想内心就杂草丛生，一想就彻夜难眠。

必须一个人担负巨大的忧伤面对荒芜的季节。季节荒芜了，爱情也荒芜了，仅剩不多的热力已经耗尽，她无力追回已经荒芜的爱情。

她的爱情冷了一下，又一下，慢慢地萎缩了回去。或忆或忘，都成为一种穿肠毒药。

人生多怨尤，一日复一日的等待中，该回来的人还没回来，曾经还扎着小辫子绕膝而行的小儿已经长大成人。

她失望至极的样子，她心死如灰的样子：

在等待中岁月逐渐荒芜，已经忘记你的容颜。

敝笱在梁，其鱼唯唯。
齐子归止，其从如水。
——《敝笱》

敝笱·善于钻营漏洞的人

有漏洞百出的鱼篓，就会涌现许多漏网之鱼。

这是鱼的错呢，还是鱼篓的错？

这些漏网之鱼，堂皇地进出鱼篓，嬉戏于鱼篓之间，视鱼篓于无物，从不惧怕。

有漏洞百出的制度，就一定会涌现许多钻营漏洞的人。这是制度的错呢，还是钻营漏洞者的错？

而这些钻营者，往往一呼百应，随从如云，让人如何去制止？

他们衣着光鲜，越来越善于钻营，逢迎各方权势。后来，他们以钻营为生，窃取越来越多的果实。

于是他们飘飘然以成功者自居，他们名利双收，从古至今粉丝不计其数，成为世人们争相效仿的楷模。

然而，鱼们在破篓间嬉戏，仅仅是动物的本能需要，在不知不觉间穿梭于破篓。

钻营制度之漏洞者，有的将制度凌辱践踏，有的寻找各种制度漏洞以饱私囊，为难更多的人。

无怪乎智者云:“智慧出，有大伪。”有伪善者，有伪廉者，有伪慈者，有伪仁者。有越来越多的伪装者、潜伏者、叛节者，人类之面目可恶，往往更甚于动物百倍。

然而太聪明的人却总是机关算尽，却不知人算不如天算，然而渔网虽有破，天网恢恢从来没有漏过谁。

这些钻营者啊，不知何时开始不知何时结束，一旦东窗事发，难逃鱼死网破的结局。

即使如此，从古至今钻营者仍然屡禁不绝。

猗嗟娈兮，清扬婉兮。
舞则选兮，射则贯兮。
四矢反兮，以御乱兮。
——《猗嗟》

猗嗟·爱与责任交织的初心

我崇尚那些洋溢着力量与阳刚之美的事物。

像澎湃的大海装下所有的江河后爽朗的笑声，像嵯峨的群山连绵追逐朝阳的奔跑，像在山林间猎取虎豹熊罴的猎人健壮的身躯。

每一位成长中的少年心中都装着一颗征服大自然的心，向往着如星空与大海的浩瀚，如岩的刚硬、簇的锐利。

我欣赏这般年轻的无所畏惧的心，有着美与力量，在凡尘历练坚忍的心性。我赞美这样年轻的军队，为守护自己的家园，为守护自己的国土，像松柏、像仙人掌、像骆驼刺，驻扎在边陲，从不退缩一步。

我还要赞美那些挺身而出的人，为百姓的安危舍身奔赴，我还要赞美喷涌的力量，赞美那些真善美的劳动者，赞美勇往直前的心。

在数十载安定的生活中，我们仍需朝夕惕厉，在深渊中一步步前行，护念着自己的纯真与善良，直至抵达彼岸。

这颗皎洁的心，是责任与爱的交织，也是人们得以茁壮成长的初心。

要之襋之，好人服之。
好人提提，宛然左辟，佩其象揥。
维是褊心，是以为刺。

——《葛屦》

葛屦·我是一株行走在秋天的葛麻

秋霜落满夜间的道路，怎么迈开穿着葛屦冻僵的双脚？而我冻僵的素手还要替人缝补衣裳，我的固执在缝缝补补中得以延续。

我是一株行走在秋天里的葛麻，带着与生俱来的卑微与纤瘦，脱去一身夏日的绿衣，在瑟瑟秋风中渐渐冻僵枯瘦。

无处下脚的生活啊，我的生活如破衣，却又如何缝补啊？

那些梦想跌落尘世的高枝，只有风的尖啸跑过刀尖。但这苟延残喘的生活还得继续，这筚路蓝缕的日子还需补缀，这看不到光也看不到尽头的日子还得一步步挨过。

行行复行行，世间的繁华离我很近很近，恰恰只可旁观。

每个人都有一条自己要走的路，为什么我的道路如此困顿难行？为什么这些破敝的日子盛不住对未来的些许向往？

可有谁告诉我，为什么总有做不完的劳役，为什么总是为人作嫁，自己却一贫如洗没衣没裳？为什么长袖善舞的人处处得风得水，为什么富裕之人总是心胸狭窄？

太多无处诉理的人群，太多欲壑难填的人心。而这泛滥与枯涸交织而来的生活，错落有致的伤，让我有口难言。

而除了忍受，我别无选择。

我是一株行走在秋天的葛麻，根须与泥沙纠结太深太久，稀稀落落的蔓叶，如我营养不良的眉眼，艰难地望着人间。

彼汾一方，言采其桑。
彼其之子，美如英。
美如英，殊异乎公行。
——《汾沮洳》

汾沮洳·将春光一棵棵采撷到竹篮里

采莫忙，采桑忙，采萎忙。

放眼而望，行走的游人渐多，嬉戏的儿童渐多，村落间鸡犬之声渐多。繁忙的人沾满泥土的气息，沾着草叶的清气。

采桑时节，相逢是一首淋漓尽致的歌。

一些关于诗路花雨的诗篇，散落在绿的深处，在红的深处，在田园水乡的深处，在桃李春风的深处，在深处的更深处氤氲，等待着人们采撷，等待着人们传诵。

花好人好的春光时节，你采撷春天的种种味道，田野的种种气息，人间的种种美好。

在阳光中相逢，在春雨中相逢。相逢一些美丽的回眸对望，相逢一些美好的故事。

我总是想象你的样子，想象美好的岁月。

一棵棵的春光多么浓烈，如你葱茏的容颜。

一些聒噪的莺雀掠过，那些追逐莺雀的贵族公子们，分不清四时五谷，不知泥土秉性和农时之要，不知水与舟的关系。

阳光正好，我看着你，你低着头，将春光一棵棵采撷到竹篮里。

我的目光一直围绕在你身边，在低回的人间不停歇地劳作。

园有桃，其实之肴。
心之忧矣，我歌且谣。
不知我者，谓我士也骄。
——《园有桃》

园有桃·内心的忧伤会长成满园的桃树

最初的理想和最初的天空都是真的。

各色盛开的花朵漫过季节，春天渴望从内部打开自己，我因此知道，每朵花都有争奇斗艳的理由，每个春天都有铺天盖地的理由。

如果一整片的忧伤都在疯狂燃烧，春天的忧伤一定是红色惹的祸，它已经烧红了半个枯焦的春天，剩下的热力仍然灼烧着多愁的心。

太多的忧伤我不想说出，春天的桃红是我寂寞的煎熬，那一定是被流放的桃园，一片片寂寞而红的忧伤。

有的忧伤不说无人知晓，说了也无人知晓。

为了深藏不想说出的话，为了深藏过去的往事，我宁可避世而居，我且痴且狂的内心长成春天里满园无人肯及的桃树。

而我预知事件的走向却不能说出，我说出的真相却无人相信，我推开门窗迎接光线的到来，我以沉重的呼吸回答你，我所看到的另外一个世界。

斗转星移，天道苍茫，不必去面对那么高远的天，那么难于企及的天，那么深不可测的天。

一生的季节不会再流转重来，这也是忧伤的复调，在一个音调上反复咏叹，咏叹青春的流逝，咏叹半生的忙碌无为，这错过的桃园是无可比拟的复调的咏叹和忧伤。

春天可以去而复返，满园的芳华还可席卷，而我的青春一去不复返。

十亩之间兮，
桑者闲闲兮，
行与子还兮。
——《十亩之间》

十亩之间·与闲云野鹤还隔着十亩田园

鸿鹄之志与安于一隅的差距，往往是十亩之间的距离；理想与现实的相隔，往往就是十亩田园的距离。

天涯走过，海角走过。所谓红尘，无非是喜怒哀乐生老病死的组合；所谓隐居，无非是返回山林的一把情怀。

不管江湖风波浪起，亦不知庙堂争斗。做一名且耕且读的农夫，忙时农耕，闲来读书，恰可隐姓埋名地度过一生。

在十亩田园之间，可以躬耕南山，可以砌半亩方塘，可以采桑绩麻，可以悠然采菊。

在十亩田园之间，恢恢乎可以装下半壁天光云影，可以种上十亩的荷香蛙鼓，可以装下十亩的鸟鸣蝉噪，可以种下一个悠然南山的心境。

在十亩田园之间，有闲闲的笑语书声，有一塘承也承不满的雨声，用于唱和那不绝的四书五经；四面蛙声入耳，闲来句句皆可伴读明月。

在十亩田园之间，你看见了世事的风浪和人生的无常，生活的初心和终点，安身立命而已。

闲云野鹤的生活，与你仅隔着十亩田园的距离。

不稼不穑，胡取禾三百亿兮？
不狩不猎，胡瞻尔庭有县特兮？
彼君子兮，不素食兮！

——《伐檀》

伐檀·一起伐尽这大是大非的世事

世间事怎么离得了你我的以身撰写？

一株檀木在先秦歌唱着，一个人在先秦歌唱着，一首歌在先秦歌唱着，一粒谷米也在先秦歌唱着，一滴泪珠也在先秦歌唱着。

生有多艰，你我因此轮番作歌，用歌谣唱出世事人心的煎熬，唱出内心堆积的不平。

不平之事何其多，如何一一唱尽？是非曲直逃不过一场场人走茶凉，谁知这样的一首歌谣却传唱千年？

难于剥离的污泥总是堵塞沟渠，臃肿污秽的世间事如何让一名歌者心胸磊落？

道不清的真假是非在分不清的阴差阳错里辩不清地颠倒黑白，忘情远比忆情更难，梦境里的巨蛇我无法控制。一首歌谣自远古飘来，但我确切听过，在一缕微光闪过的记忆里。

来吧，一起歌唱这沦陷于此的身世，一起伐尽这弯曲无尽的世事，一起痛饮这大是大非的世事罢。

我们伐世事以为木，伐尽这贪婪不绝的人心，伐尽这索取无度的人心。

坎坎伐檀，几千年的砍伐声不绝于耳，不知砍伐多少世事人心？

硕鼠硕鼠，无食我黍！三岁贯女，莫我肯顾。
逝将去女，适彼乐土。乐土乐土，爰得我所。
——《硕鼠》

硕鼠·人心也是一匹硕鼠

总有一些生物，天性喜好四处剽窃的生活。

在生物界里，这是一群偷窃成性的动物，一群蛮不讲理的动物。

在无人的暗夜，他们惯于通过强取豪夺的手段，肆意地抢走别人的劳动果实，四处洗劫食物钱财，他们的约定和承诺毫无原则和道德底线。

贪婪地攫取别人的劳动成果，有时是贪得无厌的胃口。所有的物种都弃他而去，而他们也只能把同类当朋友。

不，他们互相侵吞，连同类也难以互相作为朋友。

硕鼠尚可防，而人心之深险则是防不胜防。

从一种习性到成为癖好到蔚然成风，照见世风日下唯利是图的人群，照见人性中黑暗贪婪的一面。

已经分不清是本能表现，或是天性使然？

或许是天性的延续，不仅是动物，人类也不外如此。

欲壑难填的人，他们如贪食蛇，吞噬一切东西，最终吞噬自己的身体，吞噬自己的一切。

蟋蟀在堂，岁聿其莫。今我不乐，日月其除。
无已大康，职思其居。好乐无荒，良士瞿瞿。

——《蟋蟀》

蟋蟀·秋末的蟋唱有着穿透灵魂的悲声

那一片虫声从七月漫延到我的床下，像是李白写过的他乡月光，白如霜雪，带着丝丝缕缕的思念。

那一片虫声不屈不挠地坚持着，穿越几千年的时空，从诗经的页册里一声声传入耳朵，埋下一堆堆炸开的文字。

蟋叫与月光一样的柔弱而美，具有穿越时光的魔力，具有蔓延灵魂的魔力，让内心跟着莫名地悸动。

生如大梦一场，你有不得已的事，有一腔孤郁堆积已久，你干脆在虫声啁啾声中假寐。

越是声势浩大的事物往往消逝得越快，越是卑微的生命往往能长存不衰。

莫被岁月辜负那大好的韶华，人生最怕悲秋，悲的是明镜中的白发，朝堂之上的嬉闹，末路穷途的征兆，无可逃避的结局。

然而停不下匆匆的步伐，秋来何其急，秋来何其早。

在秋末，我听见草丛中的蟋蟀特别悲怆的鸣叫声，有着穿透灵魂的悲声。

在堂悲鸣的蟋蟀，亦是一种行将末路的警示。

子有酒食，何不日鼓瑟？
且以喜乐，且以永日。
宛其死矣，他人入室。
——《山有枢》

山有枢·光阴流逝比你预想的要快得多

不要轻视光阴，不要挥霍青春，不要以为自己可以远离生死。将来的某个时刻，你才发觉光阴不会为你停留，更不会为你再来一次。

让我说——

走过的路可以重走，经历的风景你永远无法再次经历，光阴不会为你停下脚步。

山脉有曲折，人事有突变，不可预见的事太多，一回首世事已全然不同。

属于每个人的光阴只有一次，别辜负了大好的年华，别忽略了你周遭的风景。走过的路可以重走，经历的风景你永远无法再次经历。

周遭的一切景物都在流逝，生死流转太快，何不鼓瑟吹笙地欢庆尚有余生，这短暂的生命何不用来讴歌，这活久见的世事何必当成死别。

一次次的生离。光阴流逝，一切都停不下匆匆的脚步，一切都比你预想的来得快。

不管离得多远，所有的相见都是一场浩大的聚会，躲不开的恩怨相信还会来会面。

你不能返程，不能带走任何东西，不能重头再来一次。不要辜负韶华，不要辜负梦想。

生活总是如此无情，红了樱桃绿了芭蕉，也催老青丝红颜。在光阴面前，每个人终究是一个彻头彻尾的被抛弃者。

不再回返的光阴帮我们了结过去的恩怨，余生恰可用于欢歌。

椒聊之实，蕃衍盈升。

彼其之子，硕大无朋。

椒聊且，远条且。

——《椒聊》

椒聊·生命是一种奔跑的姿态

以一种饱满的姿势站立在人间，这饱满的姿势是硕果累累的姿势，这饱满的姿势是丰收在望的姿势，这饱满的姿势是生命昂扬的姿势。

每一天的日子都充实而丰盈，每一根枝条都生长着饱满的果实，散发着无尽的芬芳，积累着点点滴滴的收获。

一串串一团团成熟的果实，压弯了枝条，压弯了阳光。

人生的每一根枝条都满载着梦想，沾着阳光的颗粒，在大地上挺起胸膛，向着明天奔行。

看，那些植物也在奔跑，将灿烂的阳光灌入每一粒果实。它们枝叶招展地迈步，和阳光赛跑，和轻风奔跑。

生命的姿态是奔跑的姿态，生命的过程是奔跑的过程。燕雀飞过，鸿鹄飞过，一茬茬的庄稼在四季跑过，一代一代人在世间跑过。

潮水一样的四季跑过，潮水一样的生命跑过。

你看见一切都在奔跑，那是生命的一种姿态，包括起伏的山脊，包括流动的岁月，包括光线的奔跑，包括星辰的奔跑。

奔跑吧庄稼，奔跑吧大地，奔跑吧人们!

绸缪束薪，三星在天。
今夕何夕，见此良人？
子兮子兮，如此良人何？
——《绸缪》

绸缪·饮尽这个极情忘情的人间

人间惯于酝酿极情忘情的酒。

留恋或是睥睨，清醒或者饮醉，人生的宿醉中藏有种种无法言说的情绪，人间种种欢合别离依然值得品尝值得留恋。

我们尚且青涩，我们尚未感受，我们尚难理解。我们唱着一曲曲风尘仆仆的恋歌，歌曰：“今夕何夕，见此良人？”

我们相约发起誓言，我们开心地手拉手，我们在众人的祝福声中携手人生。

我们如此相爱，我们也一样爱着世上所有的人。无可预知生之意义，无法预知人生的风风雨雨，但我们仍然爱着这个人世。

生命中长出太多的枝杈无法顾及，这一刻我们品尝这人间的大欢爱，极情而忘情，不知今夕何夕。我们只要紧紧握住对方的手，就感觉如同握住了命运。

人间欢娱的时光总是太短，我们以爱情相互慰藉相互温暖，我们相携走向归途。

徜徉于无尽的欢爱中，我们忘记忧愁，忘记光阴，忘记生活袭来的多少悲伤多少愤恨多少恐惧多少哀愁多少无奈。然则我们亦是不惧，我们终须一一品尝，饮尽这人间的种种极情忘情。

这样，我们在作别未来时，终于能无怨无悔地说：

“啊，这个极情忘情的人间！啊，这个极情忘情的人生！”

肃肃鸨羽，集于苞栩。
王事靡盬，不能蓺稷黍。
父母何怙？悠悠苍天，曷其有所？
——《鸨羽》

鸨羽·一切因果都将回到大地上来

生于盛世或生于乱世，于我无法选择。

必有一场缘起让你我降生在这个乱世。

战火焚毁的土地生民难以繁衍，横征暴赋而至民不聊生，这个即将四分五裂的国家，百姓将栖息何处？

多少人呼天抢地，多少人怒极而斥。

有无道的君王，就有混乱的秩序；有混乱的秩序，就有动荡的社会和流离失所的百姓。

枯萎的草树江山不断，四起的哀声愁泣不断，有人肠断有人离乱，有人拱手之间让出了江山。

铁与血的律则一次次地被验证，千古的王朝兴亡和百姓的长久流离之苦，每一个朝代都交替上演。

腐朽的国家仅有速朽以亡的末路，沦陷其中的百姓只能期待浴火重生。

一切因果终将回到大地上来。

而我们要承担大地留给我们的罪愆，在无光的岁月里且行且珍惜，这是一代人难以幸免的命运。

有杕之杜，生于道左。
彼君子兮，噬肯适我？
中心好之，曷饮食之？
——《有杕之杜》

有杕之杜·一个人的行路难

一株杜梨在道旁独自站立着，长久地站立着。它期待有一株杜梨相陪，或别的树也行；它期待能有鸟雀飞来做伴，哪怕是一只也行。它孤单的身影在月光下摇曳。

一个人也如一株杜梨：

一个人与熙熙攘攘的人群逆向而行，他独自行走，只为寻找温暖的灯光，寻找他遗落人间的一则旧梦。

一个人在暗夜里清醒着，一个人逆着寒流而上，他停不下求索的脚步。

一个人渴望星辰大海，渴望走遍天涯；也渴望守候着田地，守候着家园，守候曾经的那个心愿。

一个人的行走定有其不得已的理由，他寻找着一段青葱的时光以替代暗夜，他面对一大片无人理解的孤独。

一个人渴望灯光照亮道路，也照亮内心，温暖着世人，也打扫尘世的黑暗。

一个人跋山涉水而行，终将发现人生之路的漫长，道路终究要自己走完，相伴而行到终点的却寥寥无几。

一个人在昏夜里孤独太久，渴望友朋相访，渴望听到一些爽朗的笑声，渴望风雨同行的人。

一个人与杜梨在这一时刻突然心性相通，他们仍在寻找相逢相伴的知音，他们因此而忧心忡忡。

一个人的行路难，莫过如此。

葛生蒙楚，蔹蔓于野。

予美亡此，谁与？独处。

——《葛生》

葛生 · 我的孤独需要另一个人长久相陪

我知道我的爱人仍然在这个世界上，她并没有离我太远，只是选择另外一种与我们不同的方式生活。

逝去的人只是换一种方式陪伴，思念的人亦是换一种方式思念。

她时时进入我的梦境，仍然生活在我的梦里，生活在我的思念里。

如今她的容身之地长满了葛藤杂草，有一些花草在春天生发，有一些小鸟飞来陪她说几句话，还有的就是风孤独地吹着，雨零乱地淋着。

我想，一个人的孤独需要另一个人长久相陪。

除了我之外，身边的人也没几个愿意再来陪她了，我想，再过一些年头，就让我来陪她吧。

我并不害怕孤独，而是我的孤独更需要她的陪伴。

悲欢离合都在分崩离析，事物的走向如水的动向，唯有永恒的流逝不可变化。在生死之间，一一浮现情理人心。

冬季来临之时，你回望整个季节，蓦然发现花开花落之于生命再平常不过。

采苓采苓，首阳之巅。人之为言，苟亦无信。

舍旃舍旃，苟亦无然。人之为言，胡得焉？

——《采苓》

采苓·不要拂去逆耳之言

风惯于起于青萍之上，蛊惑那只挠在心上的猫爪，拨动一些似是而非的是非。

流言、谣言、谗言，那些蛊惑人心的话都怀着不可告人的目的，却掩饰在一副唯唯诺诺的表情之下。

已经惯于拨弄人心世事，却往往大奸似忠，而其居心潜藏在满口承诺中。

人心总是躲在无限的幽暗中，善与恶的念头在内心挣扎与交锋，如在潘多拉盒子里的两股势力，你具有向善的勇气同时亦具有堕落的念头，孰善孰恶唯待盖棺定论。

多少深藏野心的人渴望踩着别人的肩膀，往上爬，往上爬。而我耻于与这样的人争辩口舌，耻于与这样的人混杂而居。

多少人早已沦为现实的罪人，不惜代价不择手段唯利是图，被人千古唾骂。

除了仇恨易于蒙蔽心智，鼓动甜蜜的谗言更蛊惑人心。

蒙蔽双眼的手法并不高明，在最需要明辨是非的关键时候，现实中往往缺位。

不要害怕苦口之药，不要拂去逆耳之话。我希望你能拥有一双看清迷雾的慧眼，看清人间的悲欢世相。

驷驖孔阜，六辔在手。

公之媚子，从公于狩。

——《驷驖》

驷驖·唯有黎民不可辜负

这是一场没有硝烟的军事演习——狩猎。

有田狩之事，有春畋秋操，有沙场点兵，怎么称呼都是一场场军事演习。

大雪擦亮战士的双眼，扬起铁血一般的意志。

“罗千乘于林莽，列万骑于山嵎”，一次次狩猎既是操练军队，又是展示军威。

狩猎，以前是传统风俗，如今更多是威慑邻邦的手段之一，所谓金戈铁马，当时的国之利器一一尽展。

大军之威不可不扬，大国之威不可不扬！

如今的军事演习，在炮火横飞中红军蓝军打一场场模拟的战争，亦是惊心动魄。

一场场的模拟战争，目的亦是以战止战。不让战争袭来，唯有黎民不可辜负。

一场场狩猎如结绳记事，刻在竹简上器皿上史书上，时光流过，那些远去的故事依然留下波澜壮阔的背影。

重读田猎，光阴扑面而至，古人与今人同样的目标：家国天下仍在，唯有黎民不可辜负。

言念君子，温其如玉。
在其板屋，乱我心曲。
——《小戎》

小戎·烽火战乱中隐藏内心的使命

一粒沙子在沙漠中自有它的使命；一滴水在大海里自有它的使命；一个人在历史长河里自有他的使命！

烽烟四处燃起，这个战火纷飞的年代，每个活着的人都有必须扛起的使命。

既然已经征尘四起，既然号角已经吹响，就在战场上尽情地搏斗吧，就让我们守护家与国，这是我们的使命。

将我爱的人送上战场，为他再整一整衣裳，把涌出的泪水偷偷拭去，这是我的使命。

我的思念不写在脸上，我的泪水不流在脸上，只是扬起的滚滚征尘迷了送别的眼，只是我把思念写在心底，只是让泪水在心里流淌。

以战止战吧，但愿不再有流离的征夫，但愿不再有遍野的饿殍，但愿不再有苦等的妻儿。

流年的箭镞钻出历史的尘埃，那一场场的恩怨情仇，如尘埃如流水，无情而去。

历史的分水岭往往从征战开始，一场场战争轻易地扭转了一个国家的兴衰，影响一个个民族。

历史总是迷雾重重，无法一一再现。

在烽火乱世中，征夫们还有一个深藏内心的使命，战罢归来与爱人相聚。

两千年的光阴呼啸而过，烽烟战火中的爱人是否还能相聚，谜一样地萦绕在读史人的心底。

蒹葭苍苍，白露为霜。所谓伊人，在水一方。
遡洄从之，道阻且长。遡游从之，宛在水中央。
——《蒹葭》

蒹葭·在几种设定的结局之外挣脱自己

霜降，天地为之一肃。

远行的人不愿折身回返旧日的烟火人生，他低头回味着悲欣的过往时光。

道路两旁蒹葭挥着柔婉的手，有如挽留，有如诀别。远行的人无法停下匆匆的步履。

这个内心苍茫的人滤去了身体内经年的烟熏火燎，把月光装进身体。

那些嘲讥他的人已经远离，那些仇恨他的人已经远离，人世间无非这般凉薄，在设定的几种结局之外他挣脱自己，走在山坡上回望茫茫一片的蒹葭。

蒹葭苍苍，它们举着恍如月色的芒穗，作别远行的人。

远行之人和故乡告别，和自己的过去告别，和自己的影子告别。他以接连的舍弃，寻找远方的大道。远行的人内心清楚，秋霜过后，在他走后，蒹葭很快就殁在北风中。

远行的人飒然而去，远行的路仍然崎岖难行，远行的人除了茕茕孑立的肉身，已经了无牵绊。

天地何其之大，天地何其苍茫，于其间生灭的事物何其之多，抑或天地以如此多的生死爱恨漂洗尘世，天地则愈加苍白而空荡。而远行的人只留下背影，在纯净的白色中挥洒下一个小黑点，逐渐远去逐渐消解。

远行的人有我，我的远行或许也在两千多年前就已经开始，那时也有满坡的蒹葭相送。

终南何有？有条有梅。
君子至止，锦衣狐裘。
颜如渥丹，其君也哉！
——《终南》

终南·天意总与民心血脉相连

为了一片枯黄的杏叶，为了一座久远沧桑的寺庙，为了一个潜藏多年的梦愿，你从山中行来。

为了一群逃难避世的百姓，为了一个清朗复明的天下，为了心中渴盼已久的夙愿，你从山中行来。

万物潜藏于时命窘困之境，山穷水尽之时，水或将落石或将出，你我还相约而来吗？

敲响四季时序的钟声，秉承旧日的节气和新开辟的道路。

在隐隐扑鼻而来的梅香中，终南山不是我们的终点，终南山隐藏在宿命中。

前事已被淹没，遗世而独立的人并没有留在旧梦里，你从山中行来。你把那些隐居的生活，星星点点融入梦中。

从终南走向红尘的人明白，民心就是天意，以民为本的人才是秉承天意。而天下百姓谁不期望君王德被天下，修德爱民如玉之尔雅。

从一座山走来，这座山与天下苍生心气相通。

从一座山走来，一个人看清民心的洪流浩浩荡荡，天意总与民心血脉相连。

这座山并不秉承天意。有时，民心如天。

岂曰无衣？与子同袍。
王于兴师，修我戈矛，
与子同仇！
——《无衣》

无衣·磊磊心声山河呼应

“岂曰无衣？与子同袍。”

吹起征战的号角，喊起奋进的口号，我们是同袍泽共生死的战友，我们踩着战鼓的节奏奋战，我们是生死并肩的兄弟。

让热血在血管里澎湃，让刀箭声、马蹄声、嘶叫声，在体内澎湃而起，在骨头里嗷叫。

前进的步伐快些，再快些！

看啊，烽烟映照着家国山河，而我们手握矛戟看管着大好山河，不让铁蹄踏入一步。

看啊，战火焚烧着沃野边疆，我们手握戈矛作为屏障保卫着青山绿水，保卫着美丽家园。

生死于我有何惧！来一场酣畅淋漓的战斗吧，让仇敌从此闻风丧胆！让戈戟交错，让鸣镝响起，用我们的血肉之躯保护我们的家园。

来吧来吧，我们共衣裳！来吧来吧，我们共戈矛！来吧来吧，我们共生死！我们将生死置之度外一往无前，我们无所畏惧。

来吧来吧，敌寇虽然如云，岂有我们壮志凌云？来吧来吧，敌寇虽然如云，岂有我们同仇敌忾？

视死忽如归，战士的磊磊心声，山河呼应。

鴥彼晨风，郁彼北林。
未见君子，忧心钦钦。
如何如何，忘我实多！
——《晨风》

晨风 · 一个人独守这一片时光

晨风最先从北坡的林间掠过，高挂树梢的太阳发出爽朗的笑声，大自然的气息扑面而来，你的气息扑面而来。

犹记相约的这一片时光：

旁边是栎树，旁边是棣树，旁边是你，旁边是我。

你的言语带着磁性的吸力，沾着太阳的细碎光芒，有着莫名的感召力和穿透力。

晨风是一只迅捷的小鸟，倏尔之间穿梭山林，我也是依偎在你身旁的一只小鸟，早也相伴晚也相随。

那些快乐的清晨一去不复返，那些短暂迷人的青春有时令人心烦意乱。

在北坡，山石树木仍在，万物各归其处，唯有你不来。

才发觉许多烦恼都是自找苦吃，才发觉放弃往往比选择更难。你不来，烦恼就来；你来，烦恼就不来。

如今我独自伫立林间，清晨也来黄昏也来，独自看着一朵朵野花绽开瓣蕊，又慢慢凋落。

我独自守着这一片时光，你可知否？

黄昏来临，你愿意回到我的身边吗？

我送舅氏，曰至渭阳。
何以赠之？路车乘黄。
——《渭阳》

渭阳·有几番别离让人传唱千年

从生活到生活的过程总是抱头鼠窜，从内心到内心的过渡总是颠沛流离。

大半生重复着从一个国度穿越到另一个国度，颠沛流离的生活如此多艰，你早已不再抱怨，你早已习惯在漂泊与送别中，一次次地挥手。

相逢时有穷途末路之困顿，相别时有意气风发之气势。人生的每一个转角都那么难以预料！

一次次别离，有时奔走相送，有时抱头鼠窜，没有生死相依的生活，没有采菊东篱的悠闲，一天天地翻过日历，不知明天的太阳是否依然升起。

多少次相别相送之后成为今生的诀别，多少相别相送之后还可相逢，共剪西窗的烛火？

从古至今，谁在生活中不是这样，作一次次悲壮地突围。

一生的起起落落，从来没有不倒的墙可以抵挡风雨，从来没有安全无虞的后背可以抵御敌人，你一个人扛着侵袭人间的浩大风雨。

临别。赠你一枝绿柳，赠你路车乘黄，赠你一整个春天，我恨不得掏出一颗心赠你。

一生中有几番聚离突然而至却又忽忽别离？又有几番的聚离可以铭记一生？

以我心比君心，只求以心印心。

於我乎，夏屋渠渠，今也每食无余。
于嗟乎，不承权舆！

——《权舆》

权舆·日落是结束也是开始

日月的轮替其实隐含着事件的转机，昼夜转换间，一种事物的消逝孕育着另一种事物的开启。

日落，不仅是白日的尽头，也是夜的开始。

多少事物开始消亡，又有多少事物暗中萌生？

前路已断，该走时就要决绝地走。

日落西山时，生活的光彩逐渐黯淡，荣极而衰亦是万物运行之规律，岂有花开而不谢、日出而不落？

花朵必先凋零萎落而后才有新果托萼而生，无非是位置的轮替。只在落花前伤感徘徊的人，看不见茁壮成长的青果。

情深之人见不得花开花谢。

转折亦是前进的步伐，沉舟侧畔千帆过。谁也无法给谁设定结局，一切皆有深意，坦然接受命运的安排吧。

日落西山，那就披着一身星光而行。

如果行到穷途末路，亦不必惊惶，那就寻找新一轮的征程吧。

继续前行吧，一条道路的终结意味着另一条道路即将开启。

子之汤兮，宛丘之上兮。

洵有情兮，而无望兮。

——《宛丘》

宛丘·岁月如火把微微跳动

在高高垒起的台上，你翩翩舞动着身姿，高高扬起衣裾。

一个个连接着巫语的手语滑向天空，打开一枚未知的深邃黑瞳，嗓音缭绕地擦亮青铜上的狩猎图案，甲骨上的文字连接着宇宙洪荒的密码。

在缶声和鼓声交汇中，你姿势曼妙，旁若无人地起舞，衣裾飞扬，你摆动的腰肢有如一朵轻宛的柔云。

这是舞蹈，也是倾诉。

我看见序曲慢慢拉开，我看见洪荒中的动作如祭如舞。

万物在你的舞蹈中拔节生长。

舞动吧节拍，舞动吧青春，舞动吧岁月！我们祈求丰年，祈求幸福，祈求快乐降临，我们的祈求交织成爱与愿望的舞蹈。

而我在台下深情凝望你舞动的身姿。我发现我收不回我的视线，我管不住我的脚步，我管不住我的眼神，我管不住我的心。

你是女巫也是女神，唤醒了我沉睡的天空也带走我的魂魄，而我却只是远远地观望着你，并不需要你的回眸。

你远离我的视线，我亦不再回顾。爱而不可即的事物只可远观，我不确定幻灭的光阴何时到来，我不能作无谓的开放和枯萎。

你看，岁月微微跳动如举着的火把。我的心跟着火把微微跳动，我的心跟着岁月微微跳动。

东门之枌，宛丘之栩。
子仲之子，婆娑其下。
——《东门之枌》

东门之枌·我们的爱情可闻可餐

我们以饮食的名义，相邀；

我们以青春的名义，相邀；

我们以绽放的名义，相邀。

生活离不开饮食，爱情离不开饮食，我们是扎根生活的饮食男女，我们存在于形而下的生活，我们快乐着不沾功利的爱情，我们认真地做着我们的事，也顾不上去管别人的目光。

看啊，这美如火焰燃烧的葵花一样的少女啊！

看啊，这美如热辣朝天的椒树一样的少男啊！

草木怀着蓬勃的心抢占阳光雨露，占据着高处的春光，点燃的热情释放青春的信号。

以青春的名义相聚，这是最绚丽的节日，东门是我们聚会的地点。

我们的爱彼此追求，我们的爱可闻、可见、可触、可餐。这有什么办法，我们本就这么世俗，我们本就是饮食生活中的男女。

我们就在低处生活，我们追求着热情如火的生活。

然而，我们快乐自由，我们毫不在意别人的眼光。

岂其食鱼，必河之鲤？

岂其取妻，必宋之子？

——《衡门》

衡门·平淡之味最淳厚

月亮的脚步如水缓缓流向柳梢之巅。

静谧的东门下如今唯有咱俩的身影。

虫声呢喃如织，它们有着说不完的知心话，它们在夜色下轻声曼歌。

城门下哗哗的水声无时不在歌唱着，四溅的水花犹如我们此刻在夜幕下飞扬的心情，开心地从你的内心流淌到我的内心。

东门见证了诉说不尽的誓言。我们门对着门，户对着户，相互不厌相互不弃，这是属于我们的门当户对，也是幸福的基石。

平凡的人有平凡的爱情，平凡的婚姻有平凡的快乐。

天生万物自会给予一条生存之道，过度地索取无非竭泽而渔，我岂会好高骛远地自取其辱呢？我岂会漫无边际地空想人生呢？

我不去祈求命运对我更多的给予，只要它待我不过于吝啬，我已感激不尽。

平淡之味最淳，平凡人生最难。

拥有平凡人生的快乐，乐天而知命，这是我们生而为人的最大快乐，也是我们对命运应有的态度。

东门之池，可以沤麻。
彼美淑姬，可与晤歌。
——《东门之池》

东门之池·何以遣忧苦，长日以对歌

日日在池塘沤麻结绳织布，命运的绳索把我们绑缚在一起，我们是同一条命运之绳上的蚂蚱，这同病相怜的人生。

繁重的劳作中挥洒汗水吧，太多的坎坷磨难让我们一起在生活的沟壕里摸爬滚打，幸好命运把我们绑缚在一起，让我们在汗水中进行对答如流的对歌吧！

嘹亮的歌声响起，我知道是你在呼唤。在对歌中我们时时交流着，对歌是我们每天的对话练习。我们可以不必见面，但不能不对歌。

多么无奈，这是我们每天仅有的交流方式。

我们在歌声中互问互答，在歌声中心心相印。在对歌中一次次地互诉衷肠，我们有同样寂寥的命运。

太多相同的境遇把我们紧紧捆在一起。

艰苦劳作中，我亦无法起身帮你擦拭满身汗水，就让歌声带去我的问候。

生活的苦难总是接踵而来，已经尝遍了生活中所有的苦，我们唯有忍受，唯有放歌对答，还能抱怨什么？

在对歌中相遇相知，在对歌中问答如流。有说不出口的话，那就远远地唱一句，和一句。

生活中有太多的苦痛。我们已经习惯用对歌抵挡侵蚀而来的痛，习惯在苦痛的日子里对歌。

我们在患难与共的日子里，以对歌缓解这艰苦的人生。

东门之杨，其叶牂牂。
昏以为期，明星煌煌。
——《东门之杨》

东门之杨·一颗颗露珠是我清冷的泪水

露水从黄昏开始凝结，在空中纷扬的水汽慢慢地凝聚，一颗又一颗，从黄昏到清晨的冷露，一点一点地凝聚成珠。

它们密密麻麻地布满杨树的叶片，它们一颗颗逐渐地圆润丰盈起来，晶莹欲滴。

独自伫立杨树下，细数凄凉的露珠，那是一颗一颗挂在眼角快要落下的泪水。

而天上的星星和露水一样多，一样冰清玉洁。它们眨啊眨的，天幕越来越漆黑，它们在天幕中越长越大，越来越亮，仿佛就要从夜幕中坠落下来。

杨树还是孤零零的，张开一枝枝树杈，张开它的胸膛和臂膀，做出一个个拥抱的动作，独自拥抱虚空。

我看着杨树的一枚黄叶如何凋萎，轻飘飘地脱离枝头；我看着露水滑落，从眼角轻轻拭去；我看着光线隐去，星星一颗颗从天幕跳出来——

杨树也有一颗多愁的心，杨树也在黯然流泪，它的每一片树叶上都挂着清冷的泪珠。是的，那是我流出的泪，为这个黯然伤情的夜。

内心的潮水涌上又退下。月影西移，从黑夜到东方既白，我还在想着这个问题——

你为什么还不来？

防有鹊巢，邛有旨苕。
谁侜予美？心焉忉忉。
——《防有鹊巢》

防有鹊巢·让爱情回到爱情

机敏活泼的小鹿惧怕流箭突袭；

纯洁的美人惊恐流言四处泼洒；

善良的君王最易听信谗言搬弄。

风起于蝴蝶的翅翼，骤变起于青蘋之末。暴雨掩盖蠢蠢欲动的脚步，素手抚过水面，涟漪的脉络如此分明。

那些流言来源于猜测，与现实脱离的思想总是无所畏惧，一桩桩的往事就在明明灭灭之间闪烁。

经受过风雨袭击的地面转眼就被风干，眼睛析出的晶体已经脱离了事物本身，过于沉重的期盼压断琴弦，发生过的事件伪装成从未发生，多少人情逝去无法了结。

你吐出越来越多的词语，背离真相的流言蜚语越来越多。

我怕你脸上且疑且惧的眼神，我怕你眼底慌乱无助的神色，我怕风波四起的流言包围了你。

风来雨去，我最怕相爱演绎成陌路，我最怕你席卷几多叹息和无奈后，匆匆退场！

那些风声欲把整个世界搅成一片混乱，带来一片流言。后来，我太清楚它的伎俩；后来，我渐渐地不为风声所动。

但我决不退缩，那些一掠而过的风，我势必不容它大肆破坏。

人间岂无风浪，爱情亦需要经历考验，有多少舍不下的爱恨两难，有多少抛不掉的人情未了！

让风来让雨去，让世事在水落石出中洞见真相。

让落叶回到落叶，让岩石回到岩石，让内心回到内心，让爱情回到爱情。

月出皎兮，佼人僚兮。
舒窈纠兮，劳心悄兮。
——《月出》

月出 · 忧郁的月光是一部人间词话

雪夜中的梅枝斜斜伸向天空，这皎洁的月轮，比盐更白，比雪更白，比忧郁更白，比思念更白。

月亮在天上行走，它穿行在高空的悬崖峭壁上，进入一念间的梦。

对影成三人，月亮在大地上照见最美的自己，空旷的人让自己离开空旷，在对你的思念中照见自己的忧伤。

大片的土地从白光中分离，月亮悬在梦的边缘，高而冷。

你和这皎洁的月亮一样柔美而幽远，贴在我的思念上，这惊心动魄的白让我分外忧郁。

在天地之间在皎洁的月轮之下拖曳着身影，我是月亮投射在大地上的一条影子，我是你投射在脑海里的思念，不紧不慢地行走。

越沧桑就越执着，皓月不沾染人间烟火，它的盈和亏是永不妥协的姿态，在庭院堆砌出更多的白光。

皎洁的月轮如无瑕美玉，突出内心孤独而坚硬的部分，从不屈从于黑夜的招徕。

你依然怀着思念，因此不觉夜的孤单，目光所及的蓝色天幕一直在你的头上，你在夜色里围绕着家园踱着不紧不慢的脚步。

你说，这时月色恰好七分。

不如在白色的月光中种植一枝梅花，躲避人世相累的思念。

你已经无法回避，大地上那些凉热的部分，属于人间词话。

彼泽之陂，有蒲与荷。
有美一人，伤如之何？
寤寐无为，涕泗滂沱。
——《泽陂》

泽陂·爱情是一次没有退路的抉择

爱你——

我看那整座青山都是你的样子，整个荷池都是你眉黛的样子，整片花也是你微笑的样子，池边的芙蓉也是你眉眼的样子，摇曳的香蒲草也是你行走的样子。

爱你——

你可知否，谁也没有我爱得这么深沉，爱得这么满怀忧伤，爱得这么涕泪滂沱，爱得这么难以自拔。

爱你——

对我而言，爱情是无果的思念，是无解的方程，是长久的无用功。

我宁可一次次地在思念里独自徘徊；我宁可在我的内心里狂妄着；我宁可一直等待你的回顾。

爱你——

才发觉，爱情本就是一件需要机会需要冒险的事；才发觉，爱情居然如此沉重，令人难以呼吸；才发觉，一个人的相思，到后来成了进退两难的事。

爱你——

是没有退路，没有余地的选择，而我依然爱你。

羔裘逍遥，狐裘以朝。
岂不尔思？劳心忉忉。
——《羔裘》

羔裘·我的忧心忡忡谁能解开

仅仅我知道，那擎天的山突然崩于顶。我无法说出，却仍然保持一脸平静，我不愿意让别人看见忧心忡忡的表情。

巢之将倾，母鸟犹长号不已，为子女找寻一条生路；大厦将覆，有人置身事外故作视而不见。

有人依然以金玉为杯、为爵、为觞，以琼浆玉液为酒，以血汗、以泪水为佐料，作覆灭前的醉生梦死。

有人寻不到回家的路，在四顾茫然无路可走中黯然泪下。

有人在阳光下蒙上双眼，不去顾视那环围的敌寇，假装什么也看不到。

有人被正午的阳光照刺得眼珠子发黑，便不去迎视太阳，他甘心在阳光刺痛的黑暗中生活，他宁可过着无法睁开双眼的暗无天日的生活。

不再诉说，也不去谴责。

但我耻于与狼心狗肺之徒为伍。

巢覆墙圮之时，国之将亡之际，我即刻愿意抛头颅洒热血，却无挽回将亡之国的办法！

无法说出，谁也不知道我的忧心忡忡。

无法排遣，谁也解不开我的忧心忡忡。

庶见素衣兮，

我心伤悲兮，

聊与子同归兮。

——《素冠》

素冠·做一个身心素净的人

素衣素冠素面素心。

那憔悴的人衣冠如雪，一个人在天地间行来，浑身冰雪清洁。

由内到外都素简而净，是我所喜欢而追随的品格。

而跟随一个人，与他的温度有关。

寒蝉叫声从凄切到嘶哑到沉默，这些与温度有关的事物，正在凋零萎落。众水返回地面，清洗被玷污的灵魂。

一个身心素净的人，却憔悴得让人心痛。

不可挽回的大势，已滔滔东去。

我倾慕的人啊，我不忍见你忧伤逝去的样子，我不能眼睁睁看你枯槁的形容，心如刀割脏如鼎沸。

你却将大段的时间用于给予，用于践行，用于受苦，用于罹难，用于疗伤。

憔悴而行的人，他的身心都交给了百姓，他们身上带着百姓们景仰的光辉。

而多少人愿意追随你的清白，化为一缕月光跟随着你，做一个身心素净的人。

隰有苌楚，猗傩其枝。
天之沃沃，乐子之无知。
——《隰有苌楚》

隰有苌楚·有情有累不及无情无累

让我怎么描绘这大是大非的人生啊！

生而辗转多艰，一波一波的苦难袭来，深藏于内心的苦不堪言，虚症、热症、滞症、躁症，在燥热的季节排山倒海而来。

秋逝冬来，山瘦水消与人间烟火有着一致的步伐，它们共枯共荣，共同掌管这个苦乐人间。

人生自是有情痴，总会有宿怨相累悲喜相叠，总会有恩怨纠缠如烈火烹油。爱恨相续而勾起无端的苦难深重。常常是因情而累，多情多累，却不如无情而无累。

人之有情有累竟不如动物之无情而无累，不如草木之不及情而无累。

爱恨与情仇，这有情而有牵挂的人生，不如没心没肺无牵无挂的人生，这欲望人生这负累人生，不如幕天席地的流浪者，不如自由欢畅的无产者。

这说不清道不明的人生理想和追求。如重负在肩，而我们不能不背负而行，这是生之责任，也是生之希望。

及物而有情，水落石出的一个个苦难深重的梦想，在水边，在岸边，一声声沉重的喘息声被勾起。

顾瞻周道，中心吊兮。
谁能亨鱼？溉之釜鬵。
谁将西归？怀之好音。
——《匪风》

匪风·一则旧时旧地的旧梦

回家的路在眼前，回家的路温暖如故。

车马呼啸而过，在车马萧萧声中，一个人独自在尘烟里望乡。

一定是朔风吹来了太多的忧伤，让我一时难以抑制地回想旧时旧地的旧梦。一定是家乡的车马带来太多故乡的味道，让我关闭不了喷涌而出的思念。

家乡的风吹着全身舒泰、暖心；他乡的风吹着总是那么凛冽钻骨，少了些温暖的记忆。

一个不得不离开家乡的人，独自在异地怀念家乡的风，家乡的山，家乡的水，直至无法自拔。

一个人的望乡淹没在了嘈杂声里，一阵一阵的喧闹都与我无关。狂风吹起，只剩下一个人捧着一堆思乡的惆怅。

然而，大风起兮，让人无时无刻地怀念故乡，怀念亲人。

然而，故乡会不会遗忘了远走他乡的游子呢？故人是否还挂念着漂泊他乡的亲人呢？

隔着千山万水的故乡，隔着千山万水的家人是否安好？

又忆起旧时旧地的旧梦，还带着故乡炊烟的味道。

归乡的心越来越狂烈，令人无法抑制。

蜉蝣之羽，衣裳楚楚。
心之忧矣，于我归处。
——《蜉蝣》

蜉蝣·做一尾在光阴里浮游的蜉蝣

在似水的流年里，我们也犹如一只只蜉蝣，在上下左右四极之中浮游，在光阴里自顾自地浮游。

在沉沉浮浮中，浮游着自己，浮游着光阴，浮游着人生，浮游着不知深浅的岁月。

身为蜉蝣，即若沧海桑田亦是无知无觉，而不知浮生恐惧，或是浮生若梦。

命定的轨迹推动着世事变迁，我们推动世事，也被世事改变着，而我们却害怕生死，害怕蓦然袭来的生老病死，害怕光阴流逝，害怕突然的变故，害怕太多的负累带来太多的恐惧。

在浩大的无极里，我们甚至比蜉蝣更渺小，朝生而暮死，而生之意义如此渺小。

觉知世事而后有情，一层层的涟漪捂不住撕裂的伤口。

而我们在河里游动，从此岸到彼岸，仍是被限定在岸与岸的距离中，不知岸外是何景物。

而我们最终蜕下肉身回归泥土，吐尽红尘中沾染的污垢，也如蜉蝣一般，将身体留下的药香收纳到土地的根部。

彼候人兮，何戈与祋。

彼其之子，三百赤芾。

——《候人》

候人·多少人甘当时光的差役

从生活中来，我们是执戈执祋的差人，背着沉重的任务，随着日子漂泊前行。

各有各的轨道，各有各的命运，各有各的终结。各自差役他人又被他人差役。

我们沦为他人的爪牙，也沦为生活的爪牙。我们是被呼来喊去的人生，也是被不断嘲讽的人生。

被生活差役，被命运摆布，甘愿或不甘愿地生活着。

奴役与被奴役总是交相进行。世事循环而人类更是善变。快乐并不永久，我们听到内心的呼唤，却不得不听命于时光的差役而无法自拔。

是呵，我们并不高尚，也不卑微；我们并不荣耀，也不羞耻；我们并不可爱，也不可恶。我们只是我们，平凡的不平凡，在青史上不留姓名的，或是留下善名恶名的，都是我们。

我们依然是我们，一个个依凭本心而活的小人物。我们差役的是自己的时间，自己的身体。在这个世间，我们甘当一个差役，在时光中守候的差役。

多艰的生活，我们一直在雨水的底部。只能在这比雨水更低之处，摸着自己的内心，思虑安身存命之法。

但人世中多少人甘当时光中的差役，随时听候岁月的差遣。

这是命定，也是命运。

鸤鸠在桑，其子七兮。
淑人君子，其仪一兮。
其仪一兮，心如结兮。
——《鸤鸠》

鸤鸠·叶落归根的大地把我紧紧拥抱

我在大地上行走，我专注于生长在大地上的事物。

我的根扎在土地上，我也是一株植物。我一直守着这片土地，不管风雨的漂洗，不眷恋春花秋叶。

我的成长来自太阳，来自大地，来自水。我因此有太阳的无私，有大地的无垠，有水的润物无声。

我深沉地爱着热烈而无私的太阳，爱着无私地滋养草木的大地，爱着每一个茁壮成长的婴孩，爱着每一棵沐浴阳光的庄稼。

我固守我的家园，风雨如磐的日子我依然坚守每一寸土地。

我也如太阳一样，平等无私地播撒爱，像天空一样辽阔深远，像大地一样无私，毫不吝惜地给予一身所有。

我用风刀霜剑清洗自己的肉体和骨骼，洗去内心残留的宿毒，以一个澄澈的灵魂在天空飞翔。

是的，爱恨终会过去，荣枯终会过去，毁誉讽嘲终会过去。乔木总是在四季的更迭中成长，生命总是在消逝中一步步走向圆满。

什么都不眷恋，什么都不渴求，我有奔涌向大地的力量，我将我的一切给予大地。

我知道，大地会反哺给我磅礴的力量，叶落归根的大地会把我紧紧拥抱。

冽彼下泉，浸彼苞稂。

忾我寤叹，念彼周京。

——《下泉》

下泉·往事再见唯有伤心

朝花已凋萎跌落阶前，有谁愿意俯身拾取，为它留出一个安身的花瓶？过眼的繁华一堆堆逝去，前朝旧事忘得比早晨的露珠还快，有谁仍去凭吊不已？

传唱新曲有新颜，欢歌笑语中又是一番升平景象，有谁留恋昨日委顿的黄花？

一转头，故国故人犹如雨打风吹的浮萍，已经破旧不堪得面目全非，是你我都不能回顾落花流水的往事。

凛冽的岁月凶险难测，谁也不知明朝迎面而来的是祸是福。活在历史里的繁华景象仿佛一段烟云，淡远不可追执，幽咽的泉水奔流，替前朝故旧的人流一串长长的眼泪，扼腕一段不忍回顾的过去。

一重一重的波浪拍崖，拷打着崖岩的骨骼。浪涛的生灭都在一念间，汹涌向往，无休无止的重复。

前朝往事该怎么留存？太多的难舍留恋堆积于心于事无补，都磨去吧，故人亦无须再见。

一见面都是伤心怅惘的往事。

七月流火，九月授衣。
一之日觱发，二之日栗烈。
无衣无褐，何以卒岁？
——《七月》

七月·谁在人间不是卑微地活着

山中星子大如斗。

夏收刚忙过，一丘丘水田像展开的帛书，留下一行行鸟虫们探寻过的足迹，它们也有自己独立的世界，它们在天地间写下的无字天书，于我们而言难以解读。

七月流火，秋凉露重的夜晚，也有硕大的萤火虫前来探路，一点一点地拨动少年的心事，如这幽暗静谧的夜色。

南山的豆草还未锄，昨天说要摘给邻家小妹的南瓜还挂在篱笆上，踏着月光还要割一席芦苇铺床。年轻真好，一大碗稀饭下肚，浑身就还有使不完的劲儿。

一夜就这样睡过，也无梦。

少年天天延续这样的生活，早出晚归地在田间劳作，和祖辈父辈一样重复着忙碌而卑微的生活。

像一蓬草生生不已如缕不绝，他们既卑微也壮丽，绵延万千年来人类的命运。

一生这样走过，谁都是这样走来，谁都这样走过一生，也说不上有什么遗憾。

不会有人对他们说生命的意义，他们也不会思考人生要怎么才能飞翔。卑微的生活啊，要么就飞起来，像在风口的猪一样；要么就默默地生老病死，仿佛从来没有存在过。

谁在人间不是这样卑微地活着。

没有过多的欲望，越卑微的人生越真实，不知道去思考人生与命运，他们匍匐在季节里，像一株成熟的作物，随时准备被收割。

这季节多像人生，也在生老病死地流转。

鸱鸮鸱鸮，既取我子，无毁我室。

恩斯勤斯，鬻子之闵斯。

迨天之未阴雨，彻彼桑土，绸缪牖户。

——《鸱鸮》

鸱鸮·呼喊是我们最彻底的反抗

这人世发生多少包藏祸心的凶狠毒辣。

他们直接攫取别人的心血，他们强取豪夺别人的成就，他们雁过拔毛敲骨吸髓。

他们赤裸裸地攫取，强强联合，不需要理由和借口。

他们的仁慈与否，区别仅在于是否榨干弱者身上的最后一滴血，是否吐出最后一根骨头，是否攫取穷人身上最后一个铜板。

有多少物种就有多少弱肉强食的泪水；有多少江河就有多少竭泽而渔的苦难。

那些卑微的人群，或者号呼不已或者麻木不仁。

有谁愿意站出来为弱者声援一声，愿意掀开黑幕的一角？有谁愿意再联合起来，一起为弱者而奋斗？

万类互相为食，这是物竞天择的动物之本能，说不上谁对谁错。竭泽而渔、贪得无厌则是人性的黑暗。

说不出是历史的进步还是倒退，我们还是要呼喊！

大声疾呼吧，我们的声音不能消失在人间，呼喊是我们最彻底的反抗武器！

我徂东山，慆慆不归。
我来自东，零雨其濛。
我东曰归，我心西悲。
——《东山》

东山·成为故乡的一个根词

我来自东山之东。

这是我的故乡，是我思乡的根部。我思乡越久，连着故土的根系越加发达。

思乡的根也连着我的血脉，它从故土汲取思念的养分，催生着思乡之情。

战火纷纷烧起，从城市蔓延到乡村。在战火中烧尽了我的青春，烧尽了我的家园。即便是破旧的故乡，仍然让我思念不已。

但荒芜的家园亦是我的故乡。

我必须跟着我的军队去征战，跟随着我的脚步去征战，跟着我的心去征战。

大风起兮，悲心不已。

辗转的征战，家国山河处处写满了苍凉，我多想回到东山，回到我的起点。

但荒芜的家园亦是我的故乡。

一排排军队，无非是由一个个征夫的血肉之躯组成，负责背起一个个破落的家，负责挺起国的脊梁。

人间从来没有一处无风无雨的极乐之地，让贫寒的人得以遮蔽风雨。

但荒芜的家园亦是我的故乡。

东山之东，成为故乡的一个根词，成为思乡的一个隐喻。

既破我斧，又缺我斨。
周公东征，四国是皇。
哀我人斯，亦孔之将。
——《破斧》

破斧·战非战之因，战有战之罪

攫取、占有、征服、奴役、安抚……强国与弱国的种种关系。

弱国失去尊严，难逃受欺凌的命运；强国而有道，与强国而攫取，多么的不同啊！

一个长期笼罩黑暗和丑恶的时代！

焚烧的欲望燃起熊熊大火，世间有了长久不停的战争。

战火四起，以百姓为涂炭，内心燃烧的怒火，战非战之因，战有战之罪。

战火烧了多少人的家，烧了多少人的村庄。战争收割了多少生命，掩埋了多少尸体。

为了尊严与生存，牺牲更多生命，保存一个国家应有的尊严，给予他人生存。

邦无道，流离失所的百姓会重新选择自己的王，百姓会重新寻找适合自己的生存道路。

去颠覆那个腐朽的王朝，血洗一个泱泱大国的罪恶！

战非战之因，战有战之罪。血与火会洗刷所有的罪恶，噩梦会持续追逐恶魔和刽子手。

邦无道不可久存，正义即使在某些时刻缺席，天道总在因循流转，人间的不平总有人以身填补。

伐柯伐柯，匪斧不克。
取妻如何？匪媒不得。
——《伐柯》

伐柯·沿着太阳的坡度

伐柯伐柯，沿着树木的坡度向上，沿着太阳的坡度向上，汲取光芒中的热，我们的骨骼因此而拔节成长；

沿着太阳的坡度，一切事物都在成长。

在黑夜里，从天幕四处降落的露水，是我们的甘霖，滋养着饥渴的灵魂。

我们握着斧柯伐取一段一段的光阴，拥抱美好的事物以安然老去，伐取的是万物的表象而窥见本心。依照万物运行的律则。

沿着太阳的坡度，用爱表达新生。

有我深藏于心的歌，我会用爱表达，赠予我最美的东西，让我们说出那个最美的词，那个让人心动的词：聘！

聘！由内心唱出一个极美的词，承接最新的生活；

聘！以耳为由，倾听世上最美好的声音；

聘！含苞的花因此而开放，得以和你长相厮守；

聘！将最美的你迎进家门，以世上最隆重的仪式；

聘！万物负阴抱阳，我们将遵循于道；

聘！我们因此与万物唱和，于此持续地爱恨生死；

聘！万物奔走有序，万相循环在各自轨道上。

有生死，有爱恨，有我们希望的事物和恐惧的一切，我们将因此而讴歌生命。

雅之辑

悄悄回溯那些古老的光阴

呦呦鹿鸣，食野之苹。我有嘉宾，鼓瑟吹笙。
吹笙鼓簧，承筐是将。人之好我，示我周行。
——《鹿鸣》

鹿鸣·人间是一部凉热的词话

南山悠悠，鹿鸣呦呦。

山水还是那些山水，人间已经不是那座人间。几千年的红尘堆积，是非恩怨聚离，岁月的风尘早已炎凉无比。

但这人间的大炎大凉，是人间的一服药引。有岁寒之心的人看见山瘦水消与人间烟火无关，看见荣枯山水与人情无关。

你渴望做一只原野上觅食的小鹿，呼朋引伴地齐聚一堂，看着世上那些凉热的风吹拂，汇成一部生动的人间词话。

在无所事事之时，你仍然行走人间，寻些悠闲的时光，以无用之事填补人间不平之事，寻找自己的药引。

这凉热人间的趋附者亦无所差别。你找不到避世之地，也找不到隐世之人。

你追寻着光，指引着光源的方向，你和你的朋友发出太阳一样的光芒，照亮整个昏暗的人间。

你邀约一帮心性相投的人相与唱和，在鼓瑟吹笙中你所期许的生活，与天地互唱与岁月歌吟，应和那首很早很早的歌谣。

你寻找一座原野，在原野上指挥四季轮替，安抚所有的生灵回归内心。

那些击鼓唱和之声渐远渐杳，鼓瑟吹笙的人在红尘之外渐行渐远，渐渐隐入无边的黑夜里。

这沉入大地的声音，传唱那次宴乐的动人歌谣，传唱着一部凉热的人间词话。

四牡騑騑，周道倭迟。
岂不怀归？
王事靡盬，我心伤悲。
——《四牡》

四牡·寻找永无痛苦的家园

前路漫漫，回家的路漫漫。

这无休无止的路啊，一个人不知还要跋涉多久？这无休无止的光阴啊，一个人不知还要漂泊多久？

家园是否荒芜？想来稀疏的篱笆久未重编，庭院的青草应又萋萋。在家苦苦盼归的父母，白发是否又增添几许？

多想成为一匹马，风驰电掣地返回家乡。终此一生，家园依然是最牵肠挂肚的思念。

有时家就在眼前，你却如繁忙的蜂子，过家门而不能入，堪比治水的大禹，然而你仅是无名的役夫，说来却让旁人尤为好笑，于你却是更多的无奈。

哪里有永无痛苦的家乡？哪里有没有劳役的国家？

在人世间迁流奔走的人，永如陀螺般地无休无止地劳心劳力。思家就是你独坐江畔小楼，喝干面前的一杯浊酒，满眼风光掠眼而过，心却一直在景物之外。

你不知酒有多烈，你不知风景有几重，你的内心被满满的思念充塞，你愤慨着世间的不公。

在异乡一个人独自对月举樽，在寒窗孤灯剪影。一个人不敢回头，一回头就被一些旧事逼得无路可退。

早已习惯沉默如石的生存方式，异乡成为我的一块搁脚石，仅仅用于匆匆驻足，离开时也因此毅然决然。

渴望如蝉脱去一身厚重的壳，飞离束缚我的土地，飞到没有奴役的地方，寻找永无痛苦的家园。

常棣之华，鄂不韡韡。
凡今之人，莫如兄弟。
——《常棣》

常棣·同唱一首血脉相连的歌

把一匹匹的月光卷起，喂给奔马。

把一丛丛的日子卷起，喂给奔马。

携手从蛮荒走来，我们是同胞的兄弟。我们相依而存，这是血与血的交融繁衍，我们是同祖同宗的兄弟。

共饮这一杯酒，我们杯中的酒和身体里流动的血，一样的滚烫，它们有着共同的源头。

火一样的烈酒顺着喉管流下，沿着血管奔行在身体的每一个细胞中，那是共同的原乡啊，古老的梦从起源追溯，我们是同胞的兄弟，怎么不血脉相连？

血与酒有相同的热度。

在那风雨如磐的岁月，不肯放下的梦想是支撑生命的脊梁，连着你和我，连着天地。一直心手相牵血脉相连，兄弟成为一个最温暖心房的词语。

梦想与远方有相同的距离。

让我们共同抵挡风雨，抵挡刀枪，抵挡子弹，抵挡猛冲而来的豺狼。

同唱一首歌，那是我们血脉相连的歌，那是我们的理想最初萌芽的地方，那是诗和远方。

伐木丁丁，鸟鸣嘤嘤。
出自幽谷，迁于乔木。
嘤其鸣矣，求其友声。
——《伐木》

伐木·伐尽人间曲曲折折的落木

有草木之属，就有草木人间的构建。

天地是一座烧不尽柴火的铁炉，煎熬着众生，世间的木柴本就生之不尽。我们为了伐木而降生，是吴刚遗留人间的一批批子民，不停地伐着桂树，伐着月球，伐着亘古不变的时光。

无边的落木，无尽的世间。

伐木啊伐木，一段一段地伐去已逝的光阴，一起伐尽这世间无尽的落木，追逐着太阳也被太阳驱逐，砍伐着时间也被时间讨伐。

我们伐取一段段的生命，用于烧炭，把整段的人间烧黑；用于烧尽不堪回首的往事，用于烧尽屈辱的历史，用于烧掉整个破旧黑暗的世界。

有木同伐，有苦同吃。我们在伐木场伐尽这曲折的、有用无用的木材。再多再好的栋梁之材，都逃不过被伐尽的命运，这是木材的归宿。

燃烧吧，掩灭吧，你知道窒息的空气惯于将木材变成黑炭，在熏黑自己的同时，也染黑了许多世事，这是木材更可悲的下场。

假如没有什么值得记忆和留恋，让我们一起伐尽这世间曲曲折折的落木，且让熊熊大火燃烧起来，烧尽这草木人间。

我们在这熊熊大火中离开这曲折的人间。

采薇采薇，薇亦柔止。
曰归曰归，心亦忧止。
忧心烈烈，载饥载渴。
——《采薇》

采薇·用尽几世清冽的词语

你一直纳闷，为什么春天总是从离别开始，离别总是从一首诗开始，一首诗总是从一次叹气开始，一次叹气总是从突涌的念想开始。

打开的各色花朵都是虚伪之词。

你进入的每一个词语的血脉已逐渐汇集成河，你很快地唤醒每一个细胞的触觉看着俗世，你未察觉间早已用尽几世清冽的词句清洗现世的欲望。

离别亦是一场生死游戏，你无法保证何时还能再见。世事无情，你不能预知多少离乱愁苦何时而至。

你不知归期，你不能说出等待，你站在春天之内，你站在春天之外，你看惯春花秋月，你看惯生离死别，你奔跑在词语的驿站上。等你的人和你等的人都在期盼着鸿雁，可你并不知道你的命运被谁操纵，你落入谁的眼中，你的生死被谁掌握。

青春从醒悟开始，思念从离别开始。

你以觉悟有情之名深入红尘，用尽积累几世清冽的词语，医救生灵无依的内心，唤醒存于皮囊之外的大美。

采薇采薇，你采下自己的一束青春，等待着命运的喻示。

昔我往矣，黍稷方华。今我来思，雨雪载涂。

王事多难，不遑启居。岂不怀归？畏此简书。

——《出车》

出车 · 一颗心到另一颗心的距离

上车，出车。

记得黍稷扬花的时节，正接到诏令出发征战，你我都是为国为家，不得不应诏而来。

最初离家远行的时候，正是五谷秀穗繁盛。如今我终于踏上漫漫归途，大雪纷飞伴我一路走过泥泞。国家安全多灾又多难，无法得到片刻休息和安宁。难道我们不苦苦思念家乡？只是我们敬畏天子的诏命。

而今一路泥泞归来，满目疮痍，返回的道路艰涩难行。

让我们在号角声中，和我们的王一起前进，冲向战场，一起收割敌人的生命。在厮杀声中，生命远去，亲人远去，家国远去。

我们畏惧我们的王，畏惧那些潜在的危险，畏惧艰险的世事。

国弱则民哀，我们征战却只求能生存。

我要告诉征战的将士们，从一颗心脏到另一颗心脏的距离，最快的途径并非射出那一支支箭镞，而是唱起一首荡气回肠的歌。

是呵，我不用箭镞传递我的爱恨，我只用我的歌谣表达我的爱恨。

有杕之杜，其叶萋萋。
王事靡盬，我心伤悲。
卉木萋止，女心悲止，征夫归止！

——《杕杜》

杕杜·你不归来我将何去何从

一株棠树在道边零落着枯叶，零落着几个枯瘪的果实，眉眼低落地看着阴沉沉的天空。

一株落寞悲伤的棠树，如我一样。

天空弥漫着尘土，遮盖着远一些的树与小丘，给山川河流打上一层哀伤的底色。

我是那一株寡言少语的棠树，一直孤苦伶仃地等待着，如天上不敢走夜路的月亮，等待着星星的陪伴，等待着太阳的光芒。

我捏着一颗心在等你，夜以继日地等待，一个季节错过一个季节地等待，你依然征战不归。

守着茅屋守着棠树守着田园守着日月，你依然征战不归。

继续着漫长的等待，模糊的视线中仿佛漫起一层层的哀伤，我不知何去何从。

一只孤单的小鸟在树上哀号即将破落的家园，它正准备别离人间。除了在光阴里流浪，它已无可去之处。

我害怕一些声音会永远消逝，我害怕一些事件被误读太久，我害怕时光会继续苍老这破旧的河山，我害怕噩耗先于明天到来。

这孤单的日子，你不归来我将何去何从，你不归来我将何以为继？

南有嘉鱼，烝然罩罩。
君子有酒，嘉宾式燕以乐。
——《南有嘉鱼》

南有嘉鱼·宴饮仅是遣忧的一种方式

何以解忧唯有杜康。

何以遣忧唯有宴饮。

以连绵的远山装饰窗户，我们取出壮美的画卷；以璀璨的酒杯装饰明月与星空，我们捧出醉人的夜色；以熊熊篝火装饰夜的欢呼声，我们打开盛大的宴饮。

天地间有大忧，我们得知而深藏于心。

漫漫长夜何以解忧，唯宴饮以遣胸中块垒。我们以遣忧为名相聚一堂，相聚最宜宴饮夜谈。

生而不得大自由，处于天地造就的大囚笼，却不能舍离人间而去，这是我们与岁月共守的秘密。

一路红尘凉热，来处或者归途，从来都是赴汤蹈火的逆旅。

何不宴饮乎！在袅袅的酒香里，你仿佛看见曾经的你迈着不疾不缓的步伐而来，仿佛看见四处奔劳的中年，仿佛看见捧书而读的青年，仿佛看见村头溪尾捕蝉摸鱼的童年。

你与世界，此时只隔着一盏的距离。

有生之日短暂如斯，日出日落间人生飞逝。畅饮吧，不管世间何时心中何事！畅饮吧，何妨白首相聚！畅饮吧，何惧老之将至！

也不与人相论英雄，宴饮是我们排遣无处可去的忧愁的一种方式。

菁菁者莪，在彼中沚。
既见君子，我心则喜。
——《菁菁者莪》

菁菁者莪·奔赴一场装扮河山的盛大约定

在山坳里，在河滩上，挨挨挤挤地牵着手，抱在一起，莪草茂密如织，有的紧紧抱在高大乔木的身畔，有的依偎着溪河的两岸。

莪草开着不起眼的小花朵，它们竞相向春天奔涌而来，奔赴一场装扮河山的盛大约定。

枝蔓相缠、抱根丛生的萝蒿弥漫着淡淡的清香，多像我轻轻地依偎在你的身边，多像我们朴素的爱恋。

莪草如此可爱，莪草是我们的吉祥草，每朵花苞都以自己的方式打开自己，一场场盛开的人间欢爱此起彼伏。

在田野追逐着莪草，一举一动如你的心思细密，一如你轻轻拨动我的心弦。

我们的爱也如莪草，有着朴素而静的表情。

在我们相约相见的地方，随处可见的萝蒿围着我们，紧跟着我们的脚步，见证我们的爱情。

多么青葱的年华啊，我们也是春天里的莪草，把爱恋深深交付给对方。我们的根抱在一起，我们的手握在一起，我们在春天里心意相通，我们张开双臂拥抱季节，一起装扮这美丽的河山。

这是我们回报春天的情义。

薄言采芑，于彼新田，于此菑亩。

方叔莅止，其车三千。

——《采芑》

采芑·唯有气节不能轻践

在如火如荼的战地中，披甲之人在野地采芑，晨雾弥漫如人间幻境。

我们是一株株芑菜，站在野地里餐风饮露，不怕风雨不怕霜雪，我们占据着每一块土地，自由自在地生长繁衍。

一株株芑菜缥碧如洗，在战马嘶鸣声中沾上铿锵的味道，带着清寒的野地之气。

芑菜有着芑菜的命运，芑菜自然也有芑菜的气节。身而为芑，坚守着贫瘠的土地，岂会有什么可抱怨的命运？

身而为芑，自有芑菜的觉悟。在野外贫瘠之地而生，越贫瘠越茁壮的山野气息，亦有不能任人轻践的气节。

身为匹夫，亦是爱着生我养我的土地，不管它贫瘠还是富饶，我们都与我们的国土荣辱与共，生死与共。

大军在驻守、在奔袭、在辗转战斗。没有什么理由可以让我们停下步伐，没有什么理由可以让我们放弃一寸土地。

我们与王同声共气，再多艰难，我们也要与王站立在一起，将蛮夷驱逐出中原；再多牺牲，我们也不退缩一步，共赴这开创百代的荣光与使命。

一株芑，是我，是你，即使在贫瘠的野地里汲取露水而长，亦有不可辱的气节。

鸿雁于飞，肃肃其羽。
之子于征，劬劳于野。
爰及矜人，哀此鳏寡！
——《鸿雁》

鸿雁·望不见底的漂泊是无望的人生

最无望的人生是无休止漂泊的人生。在望不见底的路上漂泊着，不知何处可以停留，不知何时可以结束。

倾尽一生光阴，你用于一次次的漂泊。在异乡漂泊着，在劳役中漂泊着，在征途漂泊着。一缕一缕的光阴，连着一缕一缕从血脉带出的隐痛，让人无助地回望故乡，不甘而无奈地老去。

无休止的徭役是压在头上的一座大山，四处漂泊也是压在心上的一座大山。在无尽的漂泊中，你看见滔滔不绝的光阴每天爬过东边的山脊，快速溜向西山，无边的黑暗开始笼罩头顶，望不见底也望不见未来。

在漂泊中你看见温暖也在逐渐消逝，看见事物分崩离析回归大地，看见无法挽回的流逝漫延过泛着幽光的瓷器，漫过枯败的树叶，看见一切都在慢慢枯干萎缩。

皱纹和叹息刻在年轮上，一圈一圈越绕越紧，苍老和沧桑一起袭来，在回望故乡时拉扯出更多的忧伤。

谁能心疼漂泊者的无依无助。

毫无归宿的落脚点只有漂泊。

夜如何其？

夜未央，庭燎之光。

君子至止，鸾声将将。

——《庭燎》

庭燎·奔跑在时间的驿站上

夜未央，他试图再次返回那段历史，他试图成为那个勤勉克己的王。

他在旧宫殿里亮起火炬，仿佛是为了照亮自己；他在一本旧诗经里不断敲打一个词语的韧度，让它们寂寞嘶叫；他有时也意气风发，在史书里肆意演绎自己的言行举止。

夜未艾，他让烛光续接晨光，他和时间赛跑，黯淡的烛光无法遮掩他炯炯的目光。在光中，他打造一个王国的赫赫声名。

一段一段的历史在火光中拼接而成。庭燎，一幅美丽的画卷奔跑在时光的驿站里，我们无从得知画卷的真伪。

夜乡晨，火光中的细节仿佛轻轻摇曳，历史的走向已经出现多种可能，叙述的事件却仿佛还未发生，有时候却反复演绎。诗句在火光微照下传播着，成为一则则田间传唱的歌谣。

一样的深夜，镜外之人如何了解镜里人生？

沔彼流水，朝宗于海。
鴥彼飞隼，载飞载止。
嗟我兄弟，邦人诸友。
——《沔水》

沔水·行遍人间，处处寒暑

繁茂的花园，如何禁得起年年月月的霜雪覆压？双鬓渐次发白，如何经受风雨的日日漂洗？

我看见，一群群雁阵拍打着翅翼寒暑兼程，一头头骆驼在荒漠撒落满地驼铃，一拨又一拨旅人背起家漂泊他乡。

我们在年复一年里行走，我们在故乡与他乡行走，我们在时间与空间不同的经纬度里行走。

漫漫旅路，有多少人在忧生惧死的歧路上惘然四顾！有多少人深恐肉体消逝而辗转踯躅！

行走，成为一个永恒的话题。

每个人都是自己身体的搬运工，天天自带一摞表情包走出家门，压制着一匹匹从内心奔腾而出的野马。夜深人静时，仍有哗哗的脚步声从耳际掠过。

是什么巨手推动，古往今来多少人，如浮萍如鸿雁地把家扛在脊梁上，把行囊背在肩膀上，随波逐浪地四处飘荡。

我们在风雨中行走，红尘的每一步倒影映入眼帘，我们以行走的方式丈量着红尘的深厚。我们在行走中追寻着，是什么力量让我们这么辗转多艰？

行走人间，隐隐约约感到命运之手若有若无地牵引方向，一定有不为人知的密码，解开红尘的悲欢离合的秘密。

因此我们行走，因此我们行遍人间的处处寒暑。

鹤鸣于九皋，声闻于天。鱼在于渚，或潜在渊。
乐彼之园，爰有树檀，其下维榖。
他山之石，可以攻玉。

——《鹤鸣》

鹤鸣·唯有刀锋的律则能锁住自由的心

在渴望无尽的天空和海洋时，你更多的是渴望长久存在的生命，在无限的时空中，每一个渺小的生命，每一颗渴望自由的心皆是如此。

短暂的人生啊，在占有与流逝之间，容不得你抽身四顾，容不得你置身事外的观望。

我们只能坐地观天，光阴在观望中悄悄流逝着。

有时，生而为人反而不如物的洒脱自由。是什么法则的约束，使得拥有物质越多越成为束缚自我的枷锁？

物换星移间，是什么锁住了自由的心？

孤心与驿路，有人因此一直停留在昨天。

而有人身受太多羁绊，万事不自由。

刀锋一般的律则，凛冽如风，掠过归家的路。

即使山高路遥，我们渴望更高的山，更远的路，我们渴望世界在我们眼前水落石出。

唯有刀锋的律则能锁住不顾一切的心。

唯有时空的距离能阻隔无所畏惧的心。

祈父，予王之爪牙。
胡转予于恤，靡所止居？
——《祈父》

祈父·逐渐沦为生活的爪牙

冰清玉洁的雪花终要落入凡间，消融流入河沟与脏水们沆瀣一气；隐藏在花间的刺即使不动声色，玫瑰也会萎落成泥；你即使心高气傲地藐视世间浮华，最终仍是屈从于生活的奴役。

无时无刻地不被生活的齿轮咬合、推动，一次又一次的被迫与就范，分不清是被动还是主动，更多的只是沦为社会的一分子，或成为首脑，或成为心腹，或成为兽王身上花斑的皮毛，或成为扑击猎物的爪牙。

许多时候，我们被更强权的人压迫着，成为别人的爪牙，去指使着更弱小的人群，榨取着弱者的血汗。我们也成为生活的爪牙，被生活所奴役和驱使着，这是多么无可奈何的事。

奴役与被奴役，压迫与被压迫，在灯光下的重重人影中，从来没有人可以逃脱被奴役的命运，被环境所奴役，被权力所奴役，被时间所奴役，被命运所奴役。

被驱使的生活总是疲于奔命，一步步地沦陷，一步步地屈服在生活面前。

不堪生活的重负，不自觉地弯下了腰，我们逐渐沦为了生活的爪牙。

沦为生活的爪牙并不可耻，在生活面前奴颜媚骨失去底线，才是可耻。

皎皎白驹，食我场苗。
絷之维之，以永今朝。
所谓伊人，於焉逍遥。
——《白驹》

白驹·收获几千亩的马蹄声

驰骋在自由国度的白马啊，驮着多少光与影从眼前奔过。目光穿过历史厚重的壁，是我梦一样倒退的身影，是不曾为谁停留一瞬的白马。

更像是许多声音的汇集和延续让我们仰面而视，白马如龙伊人如玉，多么从容不迫的一生。

彼时的白马伊人，骑着白驹在时间的缝隙里来去自如，从我们的想象中穿梭而过，缥缈于山林之间。

我们不是那伊人，我们的理想是太过奢侈的期盼，我们也有美好的憧憬，却往往被现实之壁碰得焦头烂额。

当然，我们也收获几千亩的马蹄声，马蹄声在飞速地倒退着，我们得以看见伊人笃定的神态一如以往。

只是彼时的白马伊人成为青春年少时最不切实际的幻想，成为那名王子或成为那名幸运的灰姑娘，仿佛为了证明最后一个苍白、单薄、无力的梦想。

我们伸出手，握着空气一般的传说。

如今乘白马而来的不一定是王子，也不一定是唐僧，渴盼乘着白马的身影，是脑海中的另一个我，是不敢企及的一个愿望。

翩若仙子的人，已经成为一个完整的神话，或是沦为一个现实版的笑话。

黄鸟！黄鸟！无集于榖！无啄我粟。
此邦之人，不我肯榖。
言旋言归，复我邦族。
——《黄鸟》

黄鸟·谁为哀叹者哀叹

有黄鸟啄粟，有硕鼠夺黍，在故乡在他乡，人间处处都有贪婪的鸟鼠夺食，都有嗜血的蚊蝇叮咬。

总有惯于攫取别人果实的人与兽，以此来看，贪婪的人性与兽性并无区别。

这个弱肉强食的丛林法则，无处诉说道理，无处寻求庇护。看，求饶者还在求饶，告密者还在告密，不断重复可笑的情节，将平淡生活演绎成狗血的剧情。

每个人在各自生活的轨道上自顾不暇，谁为弱者申冤鸣屈？各自打扫门前的是非，当一个作壁上观的看客。

黄鸟声声啼叫，蓦然惊醒了流离在外的人，不如归去，不如返回我们的故乡。

我们哀叹着沦落异乡孤苦飘零的人，哀叹在暴风雨中无处躲避的善良的人，哀叹这一生的漂泊，哀叹这无尽的苦楚，哀叹命运如此捉弄一个个耿介的良人。又有谁为我们的穷困落拓而哀叹？

有敲骨吸髓的地主强权，有仗着人势的豪门之狗。在大脑中虚拟一个子虚乌有的世外桃源，为过去的自己招手。

继续向生活征伐，相忘于江湖不如横刀相向。告别吧，这个烈火烹油的江湖。告别吧，这个没有腾挪余地的江湖。在无可留恋的异乡，我们要返回自己的家乡。

我们哀叹着别人，谁为我们哀叹？

我行其野，蔽芾其樗。
昏姻之故，言就尔居。
尔不我畜，复我邦家。
——《我行其野》

我行其野·以米粒之光照亮眼前的路

不可挽回的是已变的心。

已变的心成为难收的覆水，不可挽回的心已经不值得留恋。

我不是依附你身上的葛藤，我不是你华服上的一件饰品，我有时是偎依在你身边的小鸟，但那只是我曾经的愿意，绝不是我倾尽一生的追求。

我不惧于人生的种种境况，即使来到荒漠，即使身处穷山恶水，我亦不会哀求别人。

我知道放下自己的执着，放弃曾经的过去，才能返身回到众水相拥的大海。

我甘当一只柔弱的萤火虫，虽然渺小，但我自有我的米粒之光，我自会照亮我眼前的路。

我不怕误入人生的岔道，不属于我的东西我宁可放弃。

倘若生活如一株孤独太久的树，我已经忘记孤独的滋味，风雨磨洗树皮渐厚，我早已学会单纯地生活。

在说不清的爱恨里，我只愿恩怨不再相累，我宁可放弃曾经的一切，回到一无所有的从前。

无所牵挂亦无所畏惧，我将以我的米粒之光照亮眼前的路。

节彼南山，维石岩岩。赫赫师尹，民具尔瞻。
忧心如惔，不敢戏谈。国既卒斩，何用不监？
——《节南山》

节南山·不要轻易地言说爱恨

不要轻易地说爱，也不要轻易地说恨。

然而有深爱难舍的家，有为爱国而抗争而请命拼命的人，甚至为国而舍弃生命舍弃小家，爱与恨交织在一起。

爱一个人与恨一个人都那么不易，爱一个国与恨一个国更是不易。

爱别离，恨相续，爱与恨往往紧密联系。在爱恨两难间，最难将息。

这是我们的国与家，国恨与家仇往往纠缠在一起。

慢慢地大家深谙生存的哲学，明哲以保全生命，越来越顺下身体去逆来顺受，等待将倾的大厦覆身。

家国相连相牵，爱恨交相缠绕。无辜的人或者只能以举家抗争国破，抗争死亡。

一个连臣民都厌恶的国家，一个朝野群魔乱舞的国家，其亡也忽焉。这样的爱恨两难，这样的生死疲劳，我们只能在茫然痛苦中做好流离失所的准备。

不要轻易地言说爱恨，这是一个让我们爱亦难恨亦难的国家。

彼何人斯？胡逝我陈？
我闻其声，不见其身。
不愧于人？不畏于天？
——《何人斯》

何人斯·相见有时也是一种错

最好今生莫要遇见你，最好今生没有恩怨，最好我们之间没有故事，最好眼神不要来电，我的心才能不被你捕获。

你惯于捕获一个人的芳心，像捕获猎物一样，怀豺狼虎豹一样的祸心。

于你不能预知的场景，于你不能预设的局面，对一些人来说，相见也是一种不可挽回的错，面对无法挽回的局面，无法拈花微笑亦可断臂而去。

为什么要相见，难道是因为相欠的情仇需要偿还？难道是恩怨牵连如此无休无止？

于你而言，相见亦是一种错；不见亦不伤心，亦不会乱了方寸，亦不会误入难返的歧路。

生命中的美往往带着肃杀的利刃，芳华易逝去留两难，带着消逝的无奈，而你已经不能回首。

彼此相爱的人相伤之时愈加深刻，而有的伤害唯有永别方能停止。

而永恒的爱唯有寄给明月。

而永别的唯有亲人与岁月。

习习谷风，维山崔嵬。
无草不死，无木不萎。
忘我大德，思我小怨。
——《谷风》

谷风·已变的心和北风一样冷酷

我岂会不知道北风的生性凉薄。

但我不知道你的生性竟也如此凉薄，不知道你已变的心如北风一样冷酷无情，一样不管不顾。

曾经的风雨同行，你都已经忘记了，只剩下寒风的呼啸如此刺耳。

已变的心已经不会回转，已变的心和北风一样冷酷无情。已去的人不要再回头，不要在余生中纠缠不清。

去吧去吧，这可恶的北风。

去吧去吧，这冷酷的北风。

风一程、雨一程，曾经的风雨还在耳边呼啸，曾经患难之言在如今喜新厌旧的背叛面前，显得如此可笑。

被生活揶揄不如揶揄生活，嘲讽这可笑的生活不如自嘲，命运不会同情弱者，你戏谑那些戏谑生活的人，他们不会赐予你美好结局。

让风吹走一切吧，让生活回到生活，让我回到原来的我。只要眼前的山河犹在，我仍然勇往直前。

只是这习习的谷风啊，我如此孤单地行走，你还要吹到什么时候？

蓼蓼者莪，匪莪伊蒿。哀哀父母，生我劬劳。
蓼蓼者莪，匪莪伊蔚。哀哀父母，生我劳瘁。
——《蓼莪》

蓼莪·光阴竟也如此欺我

所爱的人不管是爱我还是我爱，我都握不住，也握不住现在拥有的时光。

爱我的人无私地捧出他们所有的爱，这是人间的大爱。我们却不能与爱我的人同生死，这是人间的至哀。

爱与不爱，我们只是凭着心性而为。而如果可以，我宁愿心中无怨无恨，无愧无疚。

所爱的人一一弃我而去，不再复返的光阴，最终连爱也无处寄托不可追执。世上种种爱概莫能外，世上种种爱亦无法挽留。

在时光的追逐下，爱也如潮来潮往，一浪托举着一浪，只能相续不能相握。

这是世间的律则，无可奈何亦是无从躲避。

所谓的天地，在生与死相隔间，要么浑浑噩噩地度过一生，要么历尽困顿，这是天地的法则，总有遗憾相伴，生命的历程总是悲恨相继。

爱恨不过如此，此间岂能无有遗憾。生与死仍是永恒的话题，我们左突右冲难于突破樊笼。

生死相依，爱恨交加，爱终走向别离。这世间的一切都敌不过光阴——

连光阴竟也如此欺我。

东有启明，西有长庚。有捄天毕，载施之行。
维南有箕，不可以簸扬。维北有斗，不可以挹酒浆。
——《大东》

大东·被苦难淹没的人

上下四维无穷之处，所见芸芸众生各自奔忙。天下滔滔人去人来，我也是人间这潮水中载浮载沉的一朵浪花。

一个家只剩下空空的四壁，触手可及之处，左边空空如也，右边空空如也。

我沦为一个如此卑微的人，赤着足履踏霜踏雪，迎接着一场场周而复始的劳碌，也被所有的苦难淹没。

上下四维有极之处，同样的一片天却有不同的命运，无可安身立命之处，有我所憎恨的事。

世道如此不公，我不会低下我的头颅，谁也堵不了我的悠悠之口，我亦不会听从命运的安排。

无处诉说这个不公的世道和国家，我渴望不复醒来的长醉。我亦不如坐地观星，思忆遥远的国度。

长久地仰望星空，那绣在夜的绒布上的簸箕星能够帮我干些农活，那北斗星能够为我挹一杯酒，纾解我这多苦多难的人生。

我就在这满天的星光中一饮而醉，用以忘记这卑微的尘世中散发出的暗哑的光。

四月维夏，六月徂署。先祖匪人，胡宁忍予？
秋日凄凄，百卉具腓。乱离瘼矣，爰其适归？
——《四月》

四月·只要有爱人间就是最美的季节

季节又转入了四月。

四月是万物返回绿的季节，四月是青春年少的季节，四月是人间最美的季节。

一转眼四月来了又走。一转眼六月来了又走。一转眼到了秋月。一转眼到了冬月。

山水依然依旧，涛声依然不变，只是斗转星移寒暑相替。

处江湖之远，大寒大暑之症不断袭来，我的内心充满了忧伤，我的心始终在忧伤离乱。

忧馋畏讥之人，所见山水草树皆是病，如何以言语疗之？如何以言语警之？

而我不能不说出如鲠在喉的话，我不得不离开流言肆掠之地，去浩渺的江湖追寻自己的梦想。

我从四月流放到六月，从春月流放到冬月，这寒来暑往的岁月里，人间的温情总是不肯眷顾。

让我当个流放的行吟诗人，寻找夜空闪烁的星芒，偶尔落下的一些星光，飘落在记忆的各处，像一颗颗珠子般璀璨。

我仍然期待着有爱的人间，光阴从不轻慢怀着大爱的人，只要有爱人间就是最美好的季节。

溥天之下，莫非王土；
率土之滨，莫非王臣。
大夫不均，我从事独贤。
——《北山》

北山·再来一场雪覆江山的人生

江山是谁的江山？

天下是谁的天下？

君王是谁的君王？

纷纷扰扰的众生啊，谁主宰谁的命运？我只是沧海中的一粒芥子，浮浮沉沉地观看颠倒的红尘离奇的梦呓。

我看见有人燕燕居息锦衣玉食，我听见有人流离失所无处栖身的呼号怨怼如山涛阵阵。

我只是一枚接受差遣昼夜奔忙的棋子，甘苦着自己的甘苦，太多的世事亲睹而不能说出。

那些在尘世的霜雪中熬红的野果，是一颗颗红色的眼睛，流不尽流离悲愤之泪。

小家是各自的家，大家是天下的家。以小家为家的人谋取一己之利，以大家为家的人放眼天下，他为着大家而忧心不已。

总有躲不过的眼，总有看不平的心。太多的忧愤郁结不能说出，不能熟视无睹的民忧，不能铁石心肠地看着乱世。

寒暑交轮，我渴望再来一场空山新雨、雪覆江山的人生。

无将大车，祇自尘兮。

无思百忧，祇自疷兮。

——《无将大车》

无将大车·不妨将人生当作一场豪游

你是否也要佩一把竹剑，扮作一名高士，仗剑在荒村野店的边上行走，发表一些奇谈怪论，博取一些眼球，把人生当作一场场豪游？

人生本来就是一场豪赌，有的人用一开始的青春年少，用健康的身心换取金钱，换取血汗，换取快乐，换取最终的垂垂老矣。

漫无目的地行走，来一场说走就走的旅游，没有尘世羁绊的自由，没有什么可以阻止你的步伐。

江山破敝，将圮塌的墙就让它圮塌吧。你本就不是君子，更无须去扶将倒之墙，作徒劳无功之举。

亦无须过于自责，时时推翻一个旧世界，时时打破一个旧秩序，让旧事与新生在对立中和谐，也在对立中生生死死。

脚印忠实地记录着生活的印迹，洒在道路的步履很快就被主人遗忘，而道路忠实地记住这些履迹。

只要我行走，沿途的景色也陪我行走，整个世界也陪我行走。

光阴从不停下匆匆的步伐，你不妨将人生当作一场豪游，看尽一场场春花秋月，如你所闻，如你所历。

明明上天，照临下土。
我征徂西，至于艽野。
二月初吉，载离寒暑。
——《小明》

小明·人间总有赶不完的路

团花锦簇的花园，有忙碌的蜜蜂进出花房繁忙采蜜，有不辞辛劳的园丁修剪残枝败叶，有闲适的人群自在地悠游。

该走的路还要走下去，反正人间永远有走不完的路，人间永远有忙碌的人在奔行。

在人间，这些忙碌的世事左右你的生活。

我们风尘仆仆地行走，风卷园中落叶，沧桑来得比预计的还快，潮起潮落的家与国，我们都是园丁，守候着偌大的家园。

花园里孕育我们的希望和未来。

我是那忙碌的园丁，总在奔波的路途上。在花园里多走些路吧，让悠闲者悠闲吧，岁月不会亏待每个勤勉的人。

在人间，没有一意孤行的路，只有一意孤行的人。

我在繁华的花园中忙碌着，鲜衣怒马的人从我身边络绎不绝地走过，我不再嗟呀花与叶的枯荣。

我如一只孤雁，在花园里漂泊着，忙碌着，在若即若离的浮云上走动着。

我在人间永远有赶不完的路，永远有做不完的事。

鼓钟将将，淮水汤汤，忧心且伤。

淑人君子，怀允不忘。

——《鼓钟》

鼓钟·流水轻舟中以钟声相谈

弹奏起我的钟鼓琴瑟，以慰你我落满中年灰尘的胸怀。

夜色无语，唯有天籁之声相闻。发白如雪，我的皱纹写满人间的故事。

此时，如果岁月仍不辜负我们的心愿，举起这杯浊酒，我们鼓动着身体坐如山峦，像洪钟一样悠扬的回音从我们的体内传出，庆贺这人间的丘壑。

流水如果不带走我们的轻舟，我也是一个渔夫，日日夜夜张网捕捉时光。

那些沾着市井的故事在言传中铺满街巷，又渐渐远上，空留一些余音，唯有我捡拾装饰桌面的书页。

草木追逐流光，在荣枯间过其一生，没有更好的往事可以追忆，没有更多爱恨的人生可以诉说。

你来，我以山间草木之心相待。

在流水轻舟中，恰可促膝对坐，在水流汤汤中乐于泠泠水声的转折和两岸青山的风骨。

山水岑寂，人间浅浅如一湾小涧。

我们乘一叶轻舟，用磅礴的钟声交谈。我们像洪钟一样沉稳，一样气定如山。

以我齐明，与我牺羊，以社以方。
我田既臧，农夫之庆。琴瑟击鼓，以御田祖。
以祈甘雨，以介我稷黍，以穀我士女。
——《甫田》

甫田·用一生的骨血反哺土地

这是我们的后土，赐予我们广大肥美的土地。

汗水滴洒土地，这是我们成长最好的磨刀石，也是庄稼最好的肥料。

我们奉大地为神，为之欢歌，为之载欣载悲。这是我们的人生，这是我们与生俱来和土地相互缠绕的宿命。

在季节里昼夜疯长的杂草，和庄稼争夺一阵子的养料，就被连根锄起，这是杂草的命运，也是农夫的使命，纠缠的命运无法说出谁是谁非。

也有丢弃在道旁的禾谷，虽然长势茁壮，长错了时间和地点，农夫看见亦是一锄铲去。有的即使侥幸存活，亦难开花结籽。

传家耕与读。大地是一本无字的书，四时农事是书中一篇篇时读时新的文章。

和祖祖辈辈一样，把自己晒黑晒壮，种成一株茁壮黝黑的庄稼。

土地哺养了我，我把自己一生的骨血反哺给这片田地，最终和我的祖祖辈辈一样，让自己成为这片田地的养料，与土地结成密不可分的一体。

既方既阜，既坚既好，不稂不莠。
去其螟螣，及其蟊贼，无害我田稚。
——《大田》

大田·一对手足相连的兄弟

脚大走四方，手大好耘田。

从小到大从老到终，一生的光阴与田地紧密相连在一起。待须发苍莽时，农人将身体贴在土地上，与田地早已成为一对根手相连、不分彼此的难兄难弟。

天旱，用宽厚的脚掌踩在龟裂的土地上，脚上层层的茧阻挡着荆棘扎入；天雨，将脚趾深深地抠入泥浆，在田埂上一步步行走，落趾生根。

在田间地头终身躬耕，一生都在打理着一片田地，一生交付给一片田地，一生厮守着一片田地。

大地年年轮回般地枯荣，一茬茬的农人被土地收割，一代代的农人生老病老，最终归于厚厚的土地。

最终，把自己毫无保留地埋进相依为命的土地，留下名字或不留名字，已经无所谓。

几千年就这样一步步走来，农人与田地一直在一起，成为一对手足相连的兄弟。

瞻彼洛矣，维水泱泱。
君子至止，福禄既同。
君子万年，保其家邦。
——《瞻彼洛矣》

瞻彼洛矣·喊醒一个赫赫喧喧的时代

江山不远，社稷不轻。

几千年的洛河之水淌淌踏踏而来，多像一条奔腾不息的巨龙，盘桓着护佑着千年的土地。

那美丽的洛神是我心中的一个梦愿，连着我们的血脉。所谓的洛神其实是我捧出的一颗自己的赤子之心。

士兵列成一排排的山峰，挺起一道道铁的脊梁，背负一个国家和民族的重量。

他们踏下的每一块石头和每一寸土地，都留下他们的气息，都有他们的印迹。

岁月沧桑，被讴歌的人已逝，他的丰功伟绩却历历在目。

我要呼喊远去的金戈铁马，喊醒曾经沸腾的一腔热血，喊醒一串串荒废在征尘下的脚印。

我还要呼喊，喊醒潜藏在灵魂深处的疼痛，喊醒一个赫赫喧喧的时代。

这伟大的时代宜于记诵，宜于讴歌。

鸳鸯于飞，毕之罗之。

君子万年，福禄宜之。

——《鸳鸯》

鸳鸯·最好的你我应如是

一起端坐水中，一起沐风扬水，无非为了寻找这个世间的一处清净之地。

或浮或游的涟漪，这荡漾的人心，世人双宿双飞的愿望强加于你我头上，我们只是清澈如水。

最好的你我，不是最初的那一次相见，也不是最后的那一次恨别，最好的你我应该是这样：

于尘世间择流奔行，如泥河游萍，一路的风雨坎坷悄然沉埋于心底，只为遇见最好的你。

你曾经是我的一则旧梦，折好收在墙边的油纸伞里；你变幻容颜，有时是一则梵唱唤醒了周遭的光线，照亮整个世界；有时闻到一些细微的歌谣从山的那边传来，我知道那就是你。

你据案而坐，或读或饮，我亦可抚琴，亦可看剑；你一手放下江山，醉心于一管墨痕，我亦读上诗三百，一一印证。

日复一日的执手相看，用一生的长度和你一起去印证山与海的盟约、日与月的互盼、水与石的缠绵。

让季节流转，我们共守白发生，完成一次次在人间的洗礼与偿还。

茑与女萝，施于松柏。
未见君子，忧心奕奕。
既见君子，庶几说怿。
——《颎弁》

颎弁·共同挺起山的脊梁

如果你是坚贞不屈的松柏，那我就是一群攀在你身边的女萝，拉扯着你的躯干向上攀爬，不是为了遮风避雨，只是想借你的肩膀和你一起翘首望远。

你挺起厚实有力的肩膀，我是你肩膀上温暖的围脖；你带领着我们抗击风雨雷电，我们因此拥有一颗不惧怕的内心。

风来雨去，我们也围绕着你，带来欢声笑语，带来新的繁荣。我们共生共长，生死相依，一起组成命运的共同体。

山的挺拔，因我们长久守候而郁郁葱葱。

我无时无刻不在你的身边，你的内心偶然闪现的快乐与独奔的苦楚，唯有我望在眼里，唯有我为你忧心忡忡。

我喜欢你苍郁的外表，我还喜欢你胸中嶙峋盘桓的气节。我们一起并肩抗击世界袭来的一场场霜雪。

与道相合与德相应，我时时都在你身边，我们枝握着枝站立在一起，挺起笔直的胸膛。

我们沿着山脊而站，共同挺起山的脊梁。

高山仰止，景行行止。
四牡騑騑，六辔如琴。
觏尔新昏，以慰我心。
——《车舝》

车舝·万物成因就果而你我同心

所有的相遇相逢相知相守都不是偶然原因，在貌似偶然的抉择中总有你所不知晓的命运之律则在驱使。

如那雨露，如那溪流，日复一日地润泽着山川万物，我们习以为常而不自知。

我相信有命数的迁流指引着你，以高大的马车载着你行过山山水水，马车承载着一个家的未来和希望，施施然进入我的家门。

一程一程的山水相送相迎，你的笑声和山涧里淙淙的流水一样清澈，如珠玉撞击。

你有山的高大和青黛，你的气息来自花草香气的馈赠，你的容颜有着美玉的光泽。

我们的相逢因着万物的指引，因着不可名状的磁力相吸，有许多微小的事物相互作用互成因果，我们因同心而携手。

家是最小的国，在这个国度里我迎来了新的国王。

你来，生命迎来了新的篇章，家的意义重新焕发光彩。

冰河解冻春暖花开，时序的流转翻开了新的章节，花香醉人，是乐章中一段亮丽的华彩，在微醺间这一刻的流光恍如静止。

营营青蝇，止于樊。岂弟君子，无信谗言。
营营青蝇，止于棘。谗人罔极，交乱四国。
营营青蝇，止于榛。谗人罔极，觏我二人。

——《青蝇》

青蝇·败坏的世风不可长久

最初那些聒噪于江湖之上的蝇营狗苟者，在市井的污垢中找到生存环境的蝇蛆者，不知何时不动声色地潜进庙堂，四处鼓动三寸不烂之舌，嗡嗡嘤嘤地扰动尘嚣，唯恐天下不乱。

是士大夫染上了蝇的习气，整日价地吵闹不休，殚精竭虑地使着心思叮那无缝的鸡蛋呢，还是苍蝇们混进了高庙里，当上了庙祝，四处游说着自己的成功哲学？

看不明的世道，看不透的人心。

善于钻营的人，易于失去自己的本心，忘记了一些不可违背的法则，忘记了曾经高贵而不近污浊的灵魂，以至于如今不闻有高士，不见有颜渊。

而臭肉来蝇，亦是动物之天性，亦有环境之使然。

天下熙熙攘攘，皆是追名逐利之辈，如舐痈吮痔，几人能出其外？

世风演变，曾几何时被竞相唾弃的蚊蝇们摇身一变，登堂入室地雄踞一方，摆出一副不可一世的嘴脸。

岂有蚊蝇长久当道，我相信败坏的世风必不可长久，静观苍蝇们的闹剧，我们也静观它们的末路。

鱼在在藻，有颁其首。

王在在镐，岂乐饮酒。

——《鱼藻》

鱼藻·君民相惜与暴政暴民

水簇拥着鱼，鱼眷恋着水，鱼与水相拥而存。

我们无法得知鱼与水的一些秘密，但我相信它们　定在相互包容中结成了生死与共的联盟。

水是生命之源，水是万物之母，孕养万物而不自傲，从不会有自利其身的行为。

倘若没有鱼，水将多么寂寞。倘若水不肯谦卑低流，江河湖泊的众水如何流向大海循环往复？倘若一条河流不愿生养鱼藻涵养万物，生态系统怎么平衡稳定？

鱼与藻与水的关系，恰如王与臣与百姓的关系，水清水浑都与鱼有关。最高境界就是君民相惜，鱼水同生共乐。

而水在柔弱中却孕育着无尽的力量，在你忽视它的时候汇集成滚滚洪流，甚至掀起滔天的波澜，挟排山倒海之势，将阻碍发展的力量摧毁。

纵观几千年历史，暴政之下必有暴民群起，民心丧失王朝必将走向分崩离析。

未见有与水争利的鱼儿，却常有与民争利的王。视民如草芥，不惜愚民、欺民、弃民；视抗争之民如贼寇，不惜铁血镇压。王与臣与民的关系，或是同心或是离心，演绎几千年的历史，令人唏嘘不已。

时至如今，那些久远的历史躺在故纸堆中，但余音仍在耳边回环不绝。

维柞之枝，其叶蓬蓬。乐只君子，殿天子之邦。

乐只君子，万福攸同。平平左右，亦是率从。

——《采菽》

采菽·把最美好的岁月给你

万物纷纷投靠这个世界，它们纷乱有序，它们一一在自己的轨道上奔行，它们一定是另一个世界投射在这里的影子。

人间所有的相遇都并非无缘无故。

在低处的生命，它们不相碍不相怨不相害，年复一年迎来春华秋实，向着岁月给出最好的果实。

我们也在人间相聚，活出最好的自己。

最美的事物，最轻的光阴，最柔的内心，让时光轻轻地缓下脚步。

在高处和在低处的事物生而平等，它们因不同的高度而有不同的视界，它们各守各的利益，各各相生而不相怨。

触目所及团花锦簇，我们亦有我们的生活，我们不怨不尤生活之所赐，不管是风雨如晦或者阳光明媚，因此有了君子的气度。

不断扬起一个接着一个的梦想，百姓心力相续，让所有人的心安顿下来，让和平降临万邦，让美好的岁月降临。

在最美好的时代遇见你，我把最美好的岁月给你。

家国至理，仅此而已。

有菀者柳，不尚息焉。
上帝甚蹈，无自昵焉。
俾予靖之，后予极焉。
——《菀柳》

菀柳·素简人生味亦长

有人怀念春天垂柳带起的漫天飞絮，怀念那些英雄如柳絮一样轻飘飘逝去；有人怀念乐陶陶躬耕于畎亩，为求耳根清净不闻人间世事；有人不知不觉成为历史的拾荒者，在捡拾故事中不断地重蹈别人的覆辙。

心胸放得越低越平，视线看得越远，曾经年少磊落的心，慢慢学会了用坎坷的往事熨平。

可古往今来，几人愿意放下世事，放下红尘中摸爬滚打多年挣来的名利？你所渴求的蓑衣芒鞋的素简愿望，倘若仅是挂在嘴边，红尘耽搁越久越难实现。

你知道高处从来深险难测，在高处垒卵的人沉浸在垒卵的快乐中，但又舍不得及时抽身，忘记初时的警醒，全然忘却了垒得越高越深险的道理。

高与低的优劣，义与利的取舍，看似浅显实则难抉，古今能看破的英雄寥寥无几。

将心放低如平野，你会看见更多深藏不露的险滩和潜流，你会有宽阔而长的人生旅途。

不去攀附高枝的人，不独占春光的人，追求素简淡雅的人生，脚下的路会更长。

终朝采绿，不盈一匊。予发曲局，薄言归沐。
终朝采蓝，不盈一襜。五日为期，六日不詹。

——《采绿》

采绿·家的意义在于有没有你

家是我们温暖如初的希望。

家的温暖来自灶膛里的柴火日夜不熄的热力传递，来自一代代人的血脉传承相续。

我们是大山的子民，你去狩猎我去采集，这是我们赖以生存的方式。

聚少离多的生活，有多少的揪心等待和担心受怕。

每次我都耐心等待你的归来，甚至我听到你的脚步声越来越近，已经落在村口的道路上，已经碰到夕阳的喘气声。

你的脚步连着大地的心跳，与我隐隐有血脉相通的预感。在你将要归来时，我能闻到你的气息。

我们轮流守候着家，共同哺育希望。在生活中一次次地奔忙，在采集与狩猎的路途上奔忙，在劳作与守候的焦虑中奔忙，在聚与离的分合中奔忙。

已经等你太久太久，一日不见如隔三秋，连日等待仿佛独自挨过了好几个春夏秋冬。

我希望归期可盼，我们共守着这个家。

温馨的家在于长相厮守。对我而言，家的意义就在于有没有你，回家的意义在于你在不在家。

隰桑有阿，其叶有难。既见君子，其乐如何？
隰桑有阿，其叶有沃。既见君子，云何不乐！
——《隰桑》

隰桑·像桑枝一样低到你的心里

月光这么柔美，就像你柔软的目光。

在洒满月光的桑树下，我们总是悄无声息地相会，我们不敢大声说话，不想惊动任何人。

有月光的桑树和没有月光的桑树一样婆娑动人，有月光的你和没有月光的你一样谦恭温润。

我是那桑树林里最柔弱的一株，低眉顺眼地看着你，一直低着头，低到你的内心。

天天见面天天离别，却别有一种如胶似漆不忍分离的滋味。月亮作为我们爱情的见证，桑树作为我们爱情的见证。

在月光下，在桑林里，爱情触手可及，爱得无怨无悔的两个人，爱情更加缠绵。

你有你的伟岸高大，我有我的婀娜多姿，我们刚柔相济地站立在一起。我们就这样柔静而美，握着我们真实而美的爱情，我们不需要相忘于江湖，不需要轰轰烈烈的爱情，不需要费尽脑筋的爱情，不需要入骨相思的爱情。

我清了清嗓子，在桑树下唱出想对你说的那句话：

“你是我的光，你是我的温暖，你是夜间悬挂在我廊前的橘黄色的小马灯。”

并非所有的事都要公之于众，我们把相爱深藏于对方心里，这也是我们之间的秘密。

白华菅兮，白茅束兮。之子之远，俾我独兮。
英英白云，露彼菅茅。天步艰难，之子不犹。

——《白华》

白华·白首相聚的茅芦与相爱相伤的爱情

并非一切美好的缘起都有善终的结局，并非所有的善因都能结出善果。

起初的爱情像山坡地上的茅草和芦苇，春天初发时日日相守不离。在山穷水尽的冬日，你终于露出嘴脸，彻底离弃留下满地荒芜。

为什么初时相爱相牵的人，有的长相厮守相伴终老，有的却是喜新厌旧弃掷不顾？

说是爱情，有多少家庭最终走成了陌路，有多少相爱的人逃得了相爱相伤的命运？

说是爱情，有的爱一碰即散，有的爱只是刹那芳华，有的爱带着轻易不可碰触的刺，有的爱则以眼泪的形式寻找着前路。

曾经的山水逝去，只剩下眼前的苟且人生。有时你必须和世事妥协，有时你必须和内心妥协，从眼前的无奈中收拾残局，汲取前进的力量。

时时被践踏的茅芦犹能白首相知相守，被抛弃的人却要流离失所独自终老。

爱情有重于生命，有轻于茅草。

茅草日日餐风饮露，不弃野地，不沾人间烟火俗气。

由此观之，不能白首相聚的人，有的并不比茅草高贵。

绵蛮黄鸟，止于丘阿。道之云远，我劳如何。
饮之食之，教之诲之。命彼后车，谓之载之。
——《绵蛮》

绵蛮·孤苦是一把直逼咽喉的刀

生而多艰，每走一步都这么沉重难行。

人生的每一步都沉重艰难，都要自己去走；人生的每种苦都难以避免，都要自己去咽。

脚大走四方，宽厚的脚掌踩在龟裂的土地上，偶有荆棘扎入，亦是不皱眉地带血拔出；踩着泥泞小道归家，连摔带滑地行走，学会将脚趾深深地抠入泥浆，落趾生根。

你在黑魆魆的大地上行走，在天地之间月轮之下拖曳着身影。你是天地间的一条影子，不紧不慢地行走着。

生活不仅有明日的忧愁，也有内心的彷徨。一步一叹，每一步都是滑入人生的一个梦呓。

生活有说不出的苦，生存是一件隐秘而艰难的事，每个人都是一名孤独的行者。

那就继续孤路奋飞吧，在历尽人间艰难之后，你看到越来越多的人纷纷离你而去。孤苦是一把直逼咽喉的刀，无从抵挡，一瞬间的刀芒直入内心，气贯长虹地划开那些逝去的往事。

你不敢回头，一回头就被一些旧事逼得无路可退。

幡幡瓠叶，采之亨之。君子有酒，酌言尝之。
有兔斯首，炮之燔之。君子有酒，酌言献之。
——《瓠叶》

瓠叶·归隐是最可爱的托词

采瓠叶以作时蔬，向着岁月频频举起杯中的浊酒。

以醉眼丈量风物，这农家的浊酒，采集岁月的辛酸陈酿而成，我们一口一口地灌入喉咙。

举一杯浊酒自饮，这是生活未经提炼的原味。

一些举止与风月无关，我们自带市井作风，带着一贯的无所谓，带着风雨中的无所畏惧。

斟浊酒以对饮，这是我最好的待客方式。

如果有人寻找昨日之黄花，请当作一则可笑的故事，继续举杯，这短暂的黄昏与浊酒都不可辜负。

残菊在冬天早已隐藏自己的枯枝。

你不要说出那句话，你不要说出爱或者恨，往事依然易于忘怀，岁月依然美好如初。

黄昏落雪时分，你在煮酒时想象着折梅人前来叩访，不如归隐于故乡的庭院。久居嘈杂闹市，是否说明隐居已经沦为一种无奈的隐喻？

将理想献给逝去的岁月，归隐是人间最可爱的托词。

渐渐之石，维其高矣。
山川悠远，维其劳矣。
武人东征，不遑朝矣。
——《渐渐之石》

渐渐之石·一段段急行的历史

从流水的潺潺中引出水的壮阔，朗润过每一寸密集的土地，涓流不息地汇入大海——

从冷峻的巉岩上取出石的骨质，锻打身上每一块闪闪发亮的脊骨，准备冲进战场——

从腰上扁扁的干粮袋掏出草根树皮咽进肚子，汲取大地的力量——

在一路路紧急地翻山涉水中，我们与天气赛跑，跑过乌云，跑过雷雨，跑过风跑过树梢。

总有些历史跑得比较焦急，总有些历史跑得比较迟缓。再快些吧，我们行走的频率不能慢于时代的步伐。

如今，举起沉重的戈矛，与日月奔行，与风雨奔行，在奔行中实现理想，在奔行成长。

一个梦揉进风雨中，随着风雨成长，抒写一部国家与民族的壮歌。

国家在急行，历史在急行，一段段急行的历史被一一记载。

苕之华，芸其黄矣。
心之忧矣，维其伤矣。
——《苕之华》

苕之华·你要把那朵白云种在心田

待江河草木枯竭，我们还能以水落石出的姿态相见？

一次次的崩溃视为一次次的轮回，就这样沦陷在无边的黑暗之中，无始无终的结果。

最难于揣度的除了世界就是人心，都是一片未知的领域。或是深渊，或是险恶，或是冷酷，贪婪的权柄惯于制造痛苦的根源，更是惯于制造苦难的渊薮。

你要把白云种在心田里，你要回到最初的问题。

而沦落至山穷水尽之境，是天地不仁，或是人类竭泽而渔式的掠夺而自食恶果？

生死之间有大恐惧，经常出生入死的人，仍然怀着恐惧之心，或是早已生死疲劳？

是的，你也可以不必回答，也可以不管不顾：民如何以食为天？

如果人性之恶总是如此相似，那么生之意义何在？

时间是平面的漩涡，无知无觉的人一直在里面打转，直至在历史的某个节点上不断轮回，重复收获血泪、付出生命教训，不断重犯又不断接受新的惩罚。

千百年来的教训不断重复，人性人心的苦果时时自酿自饮，人们何时才能记住，何时方能不重蹈覆辙？

你要把那一朵白云种在心田，你要看到世事的走向。

何草不黄？何日不行？
何人不将？经营四方。
——《何草不黄》

何草不黄·明天的太阳将从哪里升起

国之将亡，大厦倾覆之下，如何保全一个个完整的家？

垒起的穴巢摇摇欲坠，我们还在为这个将倾的巢作徒劳的征战，为这个视生民如草芥的王室作无谓的挣扎。

你徒劳无功地征战，战也不是退也不是。

这个枯黄的天空，这个发霉的世界，除了哀叹世道，还能做些什么？

多么渴望突然间回到，不存在的桃花源，让虚幻变成真实，于是有持续的生活动力。

路途还有多远？我们还能走多长？没有人可以告诉我们明天的路在哪里，明天的太阳将从哪里升起，我们唯有坚持走下去，期待柳暗花明的命运。

世事已经凌乱如草，离乱的世事中，离乱的人只能听任命运的安排，而不知如何摆脱这离乱的命运。

遭逢凋萎衰败的世道，我们还能抱怨什么？

走到穷途末路，我们唯有继续坚持，我们绝望而哀歌，我们祈求还能看见明天的太阳，祈求明天的太阳能带来新的希望。

绵绵瓜瓞。
民之初生，自土沮漆。
古公亶父，陶复陶穴，未有家室。

——《绵》

绵·连绵不绝的血脉延续

一株藤蔓努力地爬着，爬向时光长长的触须。

一株藤蔓努力地向世界举着瘦而黄的小花朵，并偷偷地在身躯下藏好小果籽，努力汲取养分，供养果实。最后，甘心地枯萎化为养料，为来年的新藤费尽心血。

一道篱笆努力着围着一个小小的农家，在雨雪覆盖下维系一些温度，一代代的人方生方死，维系着繁衍的热力。

一个多么艰辛的起点，连绵不绝的民力相扶相持，延续生生不息的华夏。

从构巢为家到埋陶生火，从琢磨石器到铸造青铜，从造字传文到诗词歌赋，那是怎样的薪火相传啊？纵观文明发展史，从来不是一个人的孤军奋战，从来都是民力相扶相续共同铸就的辉煌成果。

这不仅是血脉的延续，更多的是精神的传承。

我所知道的这一片热土，留下了一些不朽的讴歌，留下了一些炽热的文字，留下了一些动人的传说，留下就生生不息的子民。

我们在这片热土生活，我们在这片热土创造，我们在这片热土找到生息繁衍的目的。

厥初生民，时维姜嫄。

生民如何？克禋克祀，以弗无子。

履帝武敏歆，攸介攸止，载震载夙。

——《生民》

生民·世界一直都在这里

我们来自何方，我们为谁生长，惶惑的一生如何度过，至今我们仍是一无所知。

面对浩瀚的世界，我们不知视线之外是什么，连我们的诞生也是一个未知的谜。

宿命是一个无法揣度、永远解不开谜底的谜。甚至连是否存在宿命也无法证明，亦看不清时代前行的脉络走向。

未有生民时，你不可想象这个世界将是何等情形。然而幸有相续的民力托起希望。

你已经不能清晰记忆自己的起点，你亦无法预知自己的终点，你无法证明生之有意义，亦无法证明生之无意义。生命如此玄妙，于逻辑学成为无法破解的悖论。

那些前尘往事只向安静的人喻示，你给予这个世界，世界必会反哺予你。

不断追溯光明，或者追溯我们的血脉，追溯最早的源头，不仅是我们在追溯源头，我们的祖先也在追溯源头，

生死因探索而疲劳，因疲劳而无惧无畏，面对生死，我们无怨无尤。

你看得见和看不见的岁月，有光和没有光的历史，世界的面纱都一样无法掀开。

不管你在不在，世界一直都在这里。

敦彼行苇，牛羊勿践履。
方苞方体，维叶泥泥。
戚戚兄弟，莫远具尔。
——《行苇》

行苇·在世事浮沉的人生

芦苇的觉悟是在冬天里忍受枯萎，乔木的觉悟是在冬天脱尽衣裳，牛羊的觉悟是随时献出血肉皮毛，你的觉悟是什么呢？

人生一世，有时竟不如草木一秋来得潇洒，它们简单地来，简单地走。

风云交际汇合，人也如草木动物一样，在世事牵连辗转中互相牵连，离别却总是来得那么匆忙，甚至有时连匆匆告别的时间也没有。

不如当一枝在秋天里低头的芦苇，将身姿低伏在大地，低入了冬天就化成泥，与大地融为一体。

春天来时，你重新生发枝叶，你浅浅地招手，亦可拂动一整座山的思绪。

在世上一起携手共行的人能有几人？于千千万万个人中，有人成为仇敌，有人成为兄弟，有人结成眷属。

新事物迫不及待地来，旧事物匆匆地消逝。在来去匆匆之际，奔跑中的事物已经停不下脚步。

是非总在颠倒中重演，往事明明灭灭。你需要一次次地觉悟：一生经历在一回头间全部唤醒。

有卷者阿，飘风自南。

岂弟君子，来游来歌，以矢其音。

——《卷阿》

卷阿·眼前的山水与心中的丘壑

曲折而美丽的风光如诗如画。

山山水水是躺在心中的一幅画卷，这幅画卷已经脱离了眼前的江山，成为一幅属于自己的独特的画。

走过多少山水，心中就有多少丘壑。将心情折叠起来，将眼前的河山装入心中的河山。行之弥远，不自觉就将内心的丘壑也纳入眼前的画卷中。

走过多少河山，你将内心的河山与身外的河山渐渐打成一片，不分彼此的是一颗成熟的心。你会发自内心地感谢命运之所赐，所给予的这么悲凉的世事，这么坎坷的经历。

当所见的景致与内心的世界渐渐连缀成为一体时，你学会反观内心，你慢慢将那些年少意气时的远志放下，渐渐接近淡然之境。

见山还是山，近观山水远观红尘，给予这个世界一个全景的视角。

有高桥连接天堑，有广厦供寒士安身，耕者有其田，居者有其屋，世界慢慢趋于大同。

年少的梦想仍在，仍有一些无奈，你将以什么宽慰一抔渐渐苍老的情怀？

民亦劳止，汔可小康。
惠此中国，以绥四方。
无纵诡随，以谨无良。
式遏寇虐，憯不畏明。
——《民劳》

民劳·唯有百姓生生不息

守着从小叫到大的乳名，守着越来越少的炊烟，守着屋上几片残瓦，守着屋檐前灰扑扑的光阴，你一直默默无语地守候着村庄，守着这片天，守着这片地，守着这段光阴。

一只麻雀飞来，又嗖地飞走。这片荒凉的天，它也不愿意日日面对，它也不愿意守候在这里。

生活给予我们的外衣越来越厚重，皱纹一层层覆盖在脸上，以至于泪腺越来越麻木。

这一代代先人生活过的村庄，承载多少悲欢的往事，繁衍过多少生生不息的生民。

几千年来的兴衰沉浮，一场场席卷天下的征战，总是以百姓为燃料，烧起熊熊大火的人，最终以身膏养这场卷尽世间的火。

这一片片曾经是人人向往的沃土，却连年遭逢战火，日渐贫瘠。

权势总是炙手可热，荣辱相随的世事相连，习惯作壁上观的人岂能独善其身，这命定的律则无法超越。谁愿放下权柄感同身受生民的劳苦，又有谁能心系百姓生死与共？

唯有在土地上劳作的百姓能生生不息，唯有民权、民生、民愿的呼声不会被历史永远淹没。

不肯还给人民的权力，人民会自己动手来取。

菀彼桑柔，其下侯旬，捋采其刘，瘼此下民。
不殄心忧，仓兄填兮。
倬彼昊天，宁不我矜？
——《桑柔》

桑柔·烟消云散的王朝

大水灌泽山川土地，所经之处或是灌溉或是泛滥，一一反映人与自然的相处之道。大水从不为一片土地而徇于私情，这是生态涵养与反馈，并非是水的本质。

有防民之口甚于防川者，这是君王权术的本性使然，还是与生俱来的疑惧？

那些破土而出的桑树谨记大地的情分，须臾不离地抱紧土地。

只要不徇乱而为，土的厚实和水的柔情将永报于人。

多么顽强的桑枝，汲取大地的养分后慷慨地给予，在无尽地撷取中枯亡。

在光阴的长河中小人物的悲喜无法自抑，他们在河流中淹没了自己的姓名，但他们的悲喜仍是要说出、喊出、唱出。

堡垒总是先从内部攻破，忧伤刻进深陷的脸庞和脸庞上纵横交错的皱纹里。

来场唇枪舌战吧！即使伤痕累累，即使在找不到对手的战争中也不惧失败。

在千回百转的流光中，曾经我们尊崇的王朝已经弃离我们的战壕，背弃共同的信仰，成为附在百姓身体上贪婪的吸血虫。

生民不得安息的社会，终将带来烟消云散的王朝。

旱既大甚，则不可推。兢兢业业，如霆如雷。
周余黎民，靡有孑遗。昊天上帝，则不我遗。
——《云汉》

云汉·被爱的同时也被恨着

雨的长久缺位，被人间列为头号通缉对象。

云彩也不敢前来，不知躲在天的哪一边。

河流枯竭，井水枯竭，庄稼枯黄着脸，大地东一处西一处被挖得满目疮痍。

龟裂的土地是一颗巨大的破碎的心，从田野漫延到内心。

高高悬挂的烈日焚烧，如火焚烧的人间，百姓沦为弃掷之地的弃民。

渴望从天上垂下的河，隔着不可数的时空，那迢迢不可捉摸的银河，为人间浇灌那龟裂的大地和叵测的人心。

天上的云雨亦是不可预知。

而久旱的人间，多少人渴望天降甘霖啊！

然而，在泛滥的水冲向家园时，大水被痛骂为洪灾；在长久的干旱后，即使降下一颗雨珠，我们又称之为甘霖。

众水不肯眷顾，它们在被爱的同时又被恨着，这是问题之所在。

人间百姓仰头，叩问着苍天，不知天上的银河是否安好？

我们亦是上天的子民，却要经受各种天灾人祸，这难测的天意，难道把我们当成蝼蚁？

天上有一条不可捉摸的银河，我们称为天河。其实，人心也是一条不可捉摸的天河。

颂之辑

让久远的往事在耳边传唱

於穆清庙，肃雍显相。
济济多士，秉文之德。
——《清庙》

清庙·愿常有清风，愿人间清朗

这不是白日做梦，这是一代代人为之平搏的梦想，一步一个脚印踩出的梦想。

醒世之钟蓦然敲响，有人听不见，有人猛回头。

天下兴亡匹夫有责，这不是属于一个人的国家，也不是属于一群人的国家，而是属于所有人的国家。

从救国存亡到奋发图强，从国弱民衰到步步强大，这之间走了多少弯路，涉过多少艰难险阻，迈过多少坎坷，历经了多少艰辛？

路途的遥远，只有脚知道；开拓的艰辛，只有汗水知道；筚路蓝缕的生活，只有自己知道。

用鲜血和生命谱写的经验；家与国的强大，正在同步进行。

前进吧，千万条道路汇成一条大道；

歌唱吧，千万首歌曲汇集成一首动人的歌；

呼叫吧，千万声呼喊汇集成一个声音：

“愿常有清风，愿人间清朗。”

维天之命，於穆不已。
於乎不显！文王之德之纯。
——《维天之命》

维天之命·一首歌谣唱出一个时代的气息

那些在百姓的口中传唱的歌打着深深的时代烙印，带着泥土的气息，在百姓的口中传唱，有着露珠与青草的气味，有着时代硬朗的底气。

一首歌唱出一个时代的气息，一首歌唱出一个时代的芳华，一首歌把一个人定格在一个时代中，唤醒久远的记忆，让人一听就深深沉迷在当年往事中无法自拔。

一首歌唱响一个时代里的多少往事，有时是用一代代人的血汗去陈述，一首歌带着的一个个时代的缩影，一代代人为之传唱不已。

那些唱过的歌谣一直印记在心，那些发生过的事仍然历历在目，故事中的主人公还活在我们的思念里，还活在我们的歌声里。

在一首歌中唱颂新时代的到来，在歌声中紧跟着时代的脉搏，融入新时代主旋律的曲调，共同聆听共同见证共同创造属于这个时代的丰功伟绩。

一首首歌在传唱着，传颂一个时代的精神，定格一个时代的风骨与气节。

维清缉熙，文王之典。
肇禋，迄用有成，维周之祯。
——《维清》

维清·临水观照看清山河你我的本来面目

黑陶堆满荒野的体积约等于一整个良心的投影。

以眼前这河山为舞台，多少故事演绎过，多少血泪漂洗过，多少悲欢离合掩埋过。如今，多少人在废墟前凭吊过？

漫长的历史无涯无际，光阴如瀑倾泻而来，我们在迷雾掩盖的史册中追溯着前朝旧事，一个个记载着王朝兴衰和黎民辛劳血泪的画面交替而来。久读史书的人亦满脸风尘仆仆，来路和归途都很寂寞。

而我们不能熟视无睹那些破碎的山川，我们看见陆地以板块撞击的力量使大地绽放成花朵，无数生命瞬间在碰撞中枯萎凋谢。天地无仁无不仁，使大地开花的不仅仅是春天，使大地枯萎的不仅仅是地老天荒。

一条早已干涸的河流终结了和村庄的誓约，留下干涸的河床。一块一块的山川板结变硬，草木枯萎不生。这个春天正在复制别处的春天，这片山河正在复制别处的山河。

而我们一次次重建家园，哪怕山水枯竭，哪怕我已经记不清你的语言，那就让我拾起笔重新将你描摹一番。我们让四季流转，让春暖花开，让黎明一样到来。

我们依然信仰始祖鸟诞生的地方，信仰我们的王能带领我们寻找幸福，信仰淳朴的养分能催开大地之花，信仰简致的日子更加悠长。

这是我们用身心一一印证的山河大地，我们陶醉在谷粒的香味里，泥土的香味里，汗湿重衣的味道里。

这是我们梦想出发的起点，这是我们叶落归根的终点。

唯愿生我养我的山河皆缥碧如洗，而我们临水观照，在水中看清山河你我的本来面目。

念兹戎功，继序其皇之。无竞维人，四方其训之。

不显维德，百辟其刑之。於乎！在前王不忘。

——《烈文》

烈文·读史从未有轻松

月涌江流的浩大国运，带动一个时代的气息和脉动，带着亿万人的滔滔心愿，勇往直前地奔流。

时事急剧更迭中涌现的英雄层出如笋。而盛世伟业总是由先烈们的鲜血谱写，那些战火中生灵涂炭的历史应该永志不忘，那些为心中梦愿而抛头颅洒热血的英烈值得永远铭记。

人间太沧桑，有太多说不出的话只好留在纸上。不如忘记爱恨吧，把历史作为一则梦中的寓言。热闹或是孤寂，都宜于思考。

在无法逾越的时空中，我们将因何而喜，因何而悲？我们是否依然在逝去的时空中演绎着轰轰烈烈的事件？

历史那么沉重，而我们愿意作一个随波逐流的人，顺应着潮流放旷而行，在世事中修养身心，不再激愤不再慷慨。

我们有我们的法则——

让行如朗日，温暖遍照大地，让言行举止一一鉴照日之恒常不变，这是太阳给我们的榜样。

让心如皓月，有着冰清玉洁的姿态，洒下露华滋润万物，这是月亮给我们的寓示。

一个又一个盛世引领新的时代，一页又一页沉重的历史如何重读？人们迈向未来，而过去之心不可得。

天作高山，大王荒之。彼作矣，文王康之。
彼徂矣，岐有夷之行；子孙保之。

——《天作》

天作·大荒是一片如梦的土地

有大荒的岐山之地，有山高水远杳无人烟的地方。

在最荒芜的地方，据说只要有百灵鸟飞来的踪迹，荒地就会汩汩流出泉水；百灵鸟唱起婉转的歌儿，荒地就会变成一块块绿洲。

潮起潮落的往事，繁华与荒凉竞相演绎，人类其实也是看客，这是不变的规律。

大荒如梦，它宜于栽种梦想，这是一片梦幻般的土地，多少奇迹在这里生长。

一抔渴望征服土地的年少情怀，不屈于长久地覆盖在荒漠之地。梦想，怎么能被乌云长久地覆盖？

将一颗颗汗珠砸向大地，唤醒荒芜的大地，将汗珠中的盐融入泥土中，唤醒土地的活力。

绿洲源于内心的号召，将蛮荒之地建设成良田万顷瓜果飘香的人啊，他们是拓荒者，是我们的引领者。

在我歌唱的地方，我从蛮荒唱到繁华，我落下的汗珠成为土地最好的催化剂，催促着绿色覆满荒原。

土地是我们的立根所在，人与土地可以共生共存。土地在哪里，百姓的根就可以扎到哪里。

哪里的土地都能养人，只要是热爱土地的人民，不论在哪里都能乐业安居。

昊天有成命，二后受之。
成王不敢康，夙夜基命宥密。
於缉熙，单厥心，肆其靖之。
——《昊天有成命》

昊天有成命·生活是一场场和自己过不去的战役

我们从洪荒莽原相扶相持走来，起初我们并不分彼此，鸟兽虫鱼亦是我们的先祖，我们亲如兄弟手足。

一开始我们各自忙碌奔波着，诚惶诚恐地面对不可知的天与地，做着自己的事，于千千万万人中的普通一员，聚焦着民智民力，岁月刚刚开始。

或有突然的闪电划过长空，或有突然的变故，突然被多舛的命运推上历史的舞台，一页一页的历史记载我们的名字，那些故事于是让后人阅读至今。

从来都没有所谓的天命之命，从刀耕火种走来，我们被火熏黑了脸，在繁重的劳作中得以保全余生。书卷恒常让我们获得精神的力量，却不能给予我们以畅行世事的本领。

我们不是那个万众瞩目的王，但我们都有一颗不甘沉没于平庸的心，都有一个救民众于水火的梦。

如果可以，我更愿意当那个在田间放牧的许由，牵头牛在田间晃悠，看尽世间春花秋月的闲事。

我们向着内心征战讨伐，我们的生活是由一场场自己和自己过不去的战役组成。

在渐渐变老的道路上，我们一直没有放弃心与梦，我们磨去内心的浮华，砥砺自己向前奔跑。

我将我享，维羊维牛，维天其右之。
仪式刑文王之典，日靖四方。
——《我将》

我将 · 一首祈望岁月的歌

面对生活，我们都珍藏一首祈望岁月静好的歌，抵挡岁月的侵蚀。

生存有时简单，有时却殊为艰难。

几千年的历史，分分合合的国与家，风风雨雨的世事，从来是战乱多而和平少。

可以把磨难给我，可以把风雨给我，可以把困苦给我，只要我的祈望可以恒久长在。

我时常寻找恒久和平的坐标，我追随着几千年来华夏大地上的风风雨雨，渴望得到答案。

在战场上浴血奋战的人们啊，在血与火中锤炼着一身铮铮铁骨，熔铸一个全新的国度，把血与火的经历代代传诵。

经过离乱之苦的人们啊，把苦难岁月写进史册，让世人永远铭记那些远去的灾难沉重的痛，让子孙后代永远铭记在心。

祈望和平，祈望山河完好，祈望岁月永恒，祈望灾年不来，祈望风调雨顺，祈望国泰民安。

几千年来，一代代人的祈望安居乐业，这是最简单的祈望。

明昭有周，式序在位。

载戢干戈，载櫜弓矢。

我求懿德，肆于时夏。允王保之。

——《时迈》

时迈 · 一个一个的历史篇章翻过

光阴一翻，一下子过去千万年。

起初的那人，刚从蛮荒走来，一个个人跟随他而来，而后有巢有衣有食，而后有集市有城郭，生活缓缓展开了一个新的篇章。

我看见在远古时光里劳作的百姓，日出而作日落而息，持耒而舞的身影渐渐融入大地，一脸沧桑犹在，简单到极致的生活，成为他们一生的缩影。

历史又翻开新的一页，我看见想征服四野八荒的人，率领着大军将大地卷入战火，百姓流离失所如惊惶之鸟雀。

又走来一个王，英明的王是一个知战知止战的王，是一个心怀百姓的王，带领臣民建立丰功伟绩的王。

他知道让万邦来朝，征战不是爱民之道，休养生息是爱子民的最好办法。

一页一页的历史翻过，一个个的王走来，有的善战好勇，有的贪图享受，有的好大喜功，有的视民如草芥；一个个的朝代走来，一阵阵的热闹喧哗而过。

历史写下一笔，又一笔。每一笔都是浓墨重彩，每一笔都沾满亿万万人民的奋斗。

又一个新的篇章翻过，剩下我独自坐在历史的故纸堆上。

自彼成康，奄有四方，斤斤其明。
钟鼓喤喤，磬筦将将，降福穰穰。
——《执竞》

执竞·往事用于缅怀也用于铭记

狼烟远去，大段的烽火岁月远去，痛入骨髓的往事磨之不去，一遍遍地在记忆里时想时新。

前事不应仅仅用于抚掌泪看或独自凭吊，前事应该用于缅怀，应该用于在半夜里惕厉难眠。

在百转柔肠中回眸，那些向着刀丛觅路的先驱者，以嶙峋风骨膏养新生的国度，以宁死不屈的气概被后人传颂，在远去的岁月中名字被越擦越亮。

未知的路最为凶险，在血雨腥风中挺身而起的寻路人、殉路人、开路人，为了寻找一条出路，他们前仆后继，更何况那是一条沾染了多少碧血黄泉的道路。

必有如飞蛾的勇气，锐利地冲向这沉痛的往事，有着临渊的勇气，有着折戟沉沙的决绝。

前事不忘，有一种百折不挠的心，有一种不屈不挠的力量，把失败作为砥砺失败的磨刀石，把成功作为迈向下一个成功的垫脚石。

好战的民族必定要付出惨烈代价，嗜战的民族并不能在历史长河中跋涉多长多久。

往事用于缅怀，也用于铭记。

思文后稷，克配彼天。
立我烝民，莫匪尔极。
——《思文》

思文·向着光明的颂唱

在史册中在族谱中在烛光中的颂唱，这是我们对光明的浩大礼赞，也是对先辈最人的缅怀。

民力相续，文以载道。

一层一层经文纬武的积淀，一代一代的人走来。

我们尊重和呵护着历史中每一个细节，我们细读史书中的每个细节每一件事。

烛光微微跳动，在这光明中依稀走来的人，缓缓地倾诉一个人光辉的事迹。

我们从血脉浇灌中汲取力量，我们从传颂的故事中汲取力量。

历史怎么会忘记，一个人默默前行，让后来者永远铭记，他教化天下所有百姓，救民于饥饿中也是大德行。

如日月行走的光芒，如君子一般心思昭昭，我们跟随先圣以文化人教化四方。

所有的烛光汇聚一处，定国安邦是一种大德行，与生民有大贡献的人一一闪现，百姓在颂赞中永铭于心。

在跳动的微光中将一世风景都看尽，依稀可见前世今生的往事，在微微跳动。

嗟嗟臣工，敬尔在公。

王厘尔成，来咨来茹。

嗟嗟保介，维莫之春。亦又何求？

——《臣工》

臣工·一个王国的立国之本

我相信，最淳朴的话也是至诚至善的话。

最淳朴的话是从内心流露的话，它从不说一句假话、套话和空话，从不说矫揉造作的话，它是从内心深处说出的话，它从不轻易地说出。

我说，身居庙堂之高的君臣们，要学会低头俯首向稼穑中劳作的农人，向他们致敬，向他们问政。

我说，要深入农时农事躬耕田亩，让汗水流淌入火热的田地，让老茧从手上层层生发，让位高的人记得立民之本的理。

我说，身居高位的人要能心怀苍生，亲尝百姓疾苦。为了让百姓安居乐业，让臣工们朝夕惕厉。

我说，最大的国事，就要从百姓最关心的小事抓起。给百姓讲治国之道，不如给他们休养生息的政策。

国计民生皆无小事，把百姓的小事放在心上，这是君王需要时时记取的大事。

这是一个王国的立国之本。

振鹭于飞，于彼西雝。我客戾止，亦有斯容。
在彼无恶，在此无斁。庶几夙夜，以永终誉。
——《振鹭》

振鹭·做一个表里澄澈的人

最纯粹的蓝在海与天交融无际之处，最洁净的白在大雪纷落覆满大地之时。

白与蓝，是海与天的底色，素静如一泓秋水的颜色。

在白与蓝交际之处，那人从天地间走来，高洁无尘，身上有着纯粹的颜色。

那一只飞过天际的鸥鹭，缓缓飞过朦胧的人间，与海天融为一色。

那人身披皎皎月色，目光澄澈如水，不沾半点烟尘。

那人对呼啸而过的声音有着异常的敏感和执着，总是侧着耳朵听着各种声音，对狂风刮过茅屋的呜咽声过于敏感，对民间不平而鸣的呼号啼叫声尤为敏感。

那人将人间百姓种种声种种苦一一装在心里，以一己之力解民生于倒悬，成固欣在败亦坦然，让后人景仰称颂至今。

那人像白鹭一样翩翩飞过，以秋水凝露双眸，那是一生中最美好的遇见。

白鹭只是留恋山林间，人间烟火仅是一掠而过。那人亢卑有抑，再怎么挽留终是挥手离去。

那人入尘而来出尘而去，只为了不辜负这人间月色。

而人间烟火与人间月色并不同时存在，呼啸的岁月与猎猎风尘都不可久视。

在天地间，仍有许多人效仿着那人，做一个表里澄澈如冰雪的人。

丰年多黍多稌，亦有高廪，万亿及秭。
为酒为醴，烝畀祖妣。
以洽百礼，降福孔皆。

——《丰年》

丰年·万物在季节的弦上轮指

这无私的大地——

将浓郁热烈的绿风拨动大大小小的树叶，将一切都给予它的子民，将光阴倾倒在酒杯中，将大地上的事物归纳、聚拢，赋予它们各自的使命。

坐在大地上，我们谈论一些在光阴中聚拢的事物，我们期盼一个个的丰年如约而至，我们载歌载舞以庆。

目光返回土地，返回五谷丰登的喜悦，返回不停忙碌的劳作者。一株株稻菽和我们根脉相连，低下身抱紧果实，也紧紧地抱住土地。

万物在季节的琴弦上轮指，奔忙而有序。那些沾染着金色的风吹拂着，那些被风带动的事物，和我们一起欢畅地在田野里跑动。

汇集一场场声音的盛会，这是声音的排比，是事物的演绎，是季节的咏叹。

光阴在大地的琴弦上轮指，来来回回地强调。弯下腰的果实低于阳光低于雨露，以谦恭的姿势匍匐在大地上，迎接即将到来的丰收和冬季。

无私地养育我们的大地，它不需要我们的任何回报。而我们朝夕劳作亦无以为报，唯怀一颗感恩之心。

一切流逝的人事都将返回大地，来来回回犹如水滴回归大洋，直到每一件细微的事物都回归自己起初的位置，包括一些渐渐平静的内心。

万物生，我们渴望再一次迎接和拥抱迎面而来的事物。

猗与漆沮，潜有多鱼。
有鳣有鲔，鲦鲿鰋鲤。
以享以祀，以介景福。
——《潜》

潜·河流并非你想象的那么单纯

这条美丽的河流也是我们的母亲，滋养我们的肤发血脉，延仲到世界上每一个河流能到达的角落。

河流哺养我们，我们描绘河流。

在大地上奔跑的河流并不是那么简单，它们为了击败一切的阻隔，有时迂回包抄，有时大浪淘沙，有时暗流潜藏。它们也有梦想，也有希望，它们亦经常以直抱怨地回击忽视它的人类。

四通八达的河流并非你想象的那么单纯。

生活也经常这样，你以为的棋高一着，其实落在别人的步步算计中。你努力地想甩脱生活，因此有了痛苦和获得力量。

载沉载浮的河流，沿着历史的两岸向我们奔来。

我们找出词典中最相宜的词语相互形容，相互打扮，用笔描绘着对方的形象，我们相互依赖而存，我们互相汲取对方的力量。

而江山不改，浪花的力量汲取于我们的血脉，我血管里的河流的名字叫华夏。

华夏啊，这一声的呼唤从血管里喷薄而出。

而不仅不能忘怀，我们与河流已经难舍难分，泛滥和枯涸交织而至的，错落有致的忧伤和欣喜。

潮起潮落，这多么形而下的生活啊！

有客有客，亦白其马。
有萋有且，敦琢其旅。
有客宿宿，有客信信。
——《有客》

有客·在风尘里越擦越亮的人

那个骑着白马的王，在红尘间独自奔跑。

他投身于布满尘垢的世间。

他如同一颗跌落尘泥的明珠，雍容华贵已成为过去。他选择和光同尘的生活，他收敛光芒却没有因而黯淡，反而在风尘里越擦越亮。

耀眼而醒目，他是自己分封国度里的王，却与百姓一起胼手胝足地劳作。

他一定是抛弃王的身份，也不觉得自己多么伟大，远离庙堂，也远离江湖。然而百姓却没有忘记他，依然如故地热爱他，景仰他。

他构建着自己的理想国，他在自己的国度里指挥着四季交替，聚拢光阴，别离着爱恨情仇。

他全然忘记自己也是一个王，他甚至以王的身份为耻，却放不下百姓的安危。

他骑着白马而来，骑着白马而去，自由无拘地行走，留给人民无尽的牵挂感念。

他与百姓同苦同乐，自有乡间淳朴的人民惦记着他，热爱着他，视他为最为尊贵的人。

不以王为王，百姓才奉为心中伟大敬慕的王。

人间自有真情在，这三千年前的王者风范，成就了一段流传至今的佳话。

予其惩，而毖后患。莫予荓蜂，自求辛螫。

肇允彼桃虫，拚飞维鸟。未堪家多难，予又集于蓼。

——《小毖》

小毖·爱与苦难相互缠绕

只有我自己才知道我是多么热爱这浩大的世界！

而这世界既不能装在眼里，也不能装在心里。

起初我这样形容人间的味道：它既有火烧火燎的味道，也有朝露晚霞的味道；既有糖水梨的味道，也有苦药片的味道；既有烟熏火燎的味道，也有烟雨迷离的味道。

太多的爱堆积，太多固化的生活模式组成一个封闭的茧，你在营造着作茧自缚的人生。

太过热爱自己的人，生活难免自讨苦吃。

我不能向任何人俯首称臣，我热烈多姿地活着，向着人间付出我的热爱。

生活中咽下越多的苦，对生活的了解就越深刻，咽下的苦和收获的快乐其实也成正比。

而世界以它的方式寓示我，它以无匹的姿态，收取已经成熟的果实，收割一大段的光阴，收回过去的记忆。

即使你愈加强大，你一样尊重和热爱所有弱小的事物。

用生活种种的苦难为引，你用一生的光阴酿造一杯美酒，一杯酒蕴含世间种种爱。

悲欣交集的人生，爱与苦难往往是相互缠绕而生。

载芟载柞，其耕泽泽。
千耦其耘，徂隰徂畛。
侯主侯伯，侯亚侯旅，侯彊侯以。
——《载芟》

载芟·人生处处相对论

一代代人在土地上刨食，在土地上摸爬滚打着，或遇战乱或遇灾荒，生存是一门最刻骨铭心的哲学。

几千年来在土地上胼手胝足地劳作，农人们用一生的骨血膏养沃土，将殷切梦想播撒土地，最终所得或是丰稔或是微薄的收成。

而农人将一生的汗水心血倾泻在大地上，而大地回报我们五谷杂粮，土地与农人像一对难兄难弟，互相扶持着从远古走来。

这是我们尽力耕耘的人生，这是我们汗流浃背的土地。是沃土膏养人类，还是人类膏养沃土？

而四时风雨有着变幻莫测的脾性，它们时而和煦时而暴烈，令农人亦爱亦恨，难以抗拒。

而季节的更迭如此迫不及待，朝代的轮换如此迫不及待，宁可回到古代，我们手执耒耜，在热土上挥洒热汗，土地依然是我们安身立命的根本。

人生的得失是一对相对论，历史的兴衰是一对相对论，王朝的兴衰是一对相对论，是非成败谁能说得清楚？

这是命运的相对论，也是人生的相对论。生存或是简单，或是困难；或是自利，或是利他。难以摆脱的命运。

而这周而复始的历史，这周而复始的人生，深深潜藏着一对相对论——这是我们收获一个个希望和埋葬一个个理想的地方，它们总是相向进行。

畟畟良耜，俶载南亩。
播厥百谷，实函斯活。
或来瞻女，载筐及筥。
——《良耜》

良耜·在大地上收获的也将给予大地

我们祈祷着大地慷慨无私的给予。

我们渴望收获，我们也甘心付出。

我们匍匐在大地上，关注与食物有关的一切因素，五谷的产出，杂粮的储备，包括阳光空气、包括四时风雨。

大地如一张巨网，牵连着一家人的命脉，把男耕女织的生活描绘成理想的图景。

我们还要感谢多年相依的农具，感谢勤勉不怠的老牛，感谢相循不乱的节气，感谢四季不变的交替。我们渴望远离灾荒、饥馑、疾病，渴望风调雨顺，渴望村庄处处充满生机。

我们是根植在大地上，一株会行走的植物。

我们给出一身嗷嗷叫喊的骨头，给出一腔澎湃的热血，给出大地和天空，给出自己的肉体和生命。

在这片热土上，我们付出辛勤的汗水，给予短暂的青春；我们陶醉在谷粒的香味里，泥土的香味里，汗湿重衣的味道里。

我们匍匐在大地上收获着一切，也将给予大地我们的所有，包括欣喜，包括艰辛，包括快乐和痛苦。

駉駉牡马，在坰之野。
薄言駉者，有驈有皇，有骊有黄，以车彭彭。
思无疆，思马斯臧。

——《駉》

駉·背负共同的家国命运

群马奔跑的各色躯体在大地上流成白色的河，黄色的河，黑色的河，每一块颜色都有着不可言说的隐喻，时间的流淌围绕着参差错落的颜色，带着孤独奔跑的温度。

它是原野上的风，是马蹄欢快的笑声洒落一地，是放旷的呼喊在空谷回应。

它从原野驰来，扬蹄奔腾，带着龙的精神；它奔赴战场，怀着一颗从不畏惧的心，锵锵而鸣叫。

它是流淌在大地的颜色，画笔在大地上尽情挥洒，以大地为画布。

天地空旷，一匹匹的奔马属于天地间的主人，它们一直寂寞着，等待着骑士的到位，它们独自对着沙场嘶鸣，对着缺月嘶鸣，对着寂寞的天空嘶鸣。

风驰电掣地来，倏尔远去地往，马与骑兵，在原野上来回追逐，马永远是骑士最忠诚的伙伴，如手足相连的兄弟和形影不离的伴侣。

马忠诚于它的主人，马的主人忠诚于人民。马与主人有着一样的心性。

马的嘶鸣是自由无疆的呼喊，带着风一样敏锐的特性，穿越重重雾霾的封锁。马的精神就是骑兵的精神，就是军队的精神，就是民族的精神，就是国家的精神。

马性与人性相通，背负着共同的战场、共同的国与家，彼此有了紧密相连的命运。

有駜有駜，駜彼乘黄。
夙夜在公，在公明明。
——《有駜》

有驳·奔梦路上既忙且乐

春风吹拂大地，一群奔跑的人由此融入浩荡的春风中，一整个国家蒸蒸日上的事业，他们以行动向祖国表达最美好的祝愿：夙夜在公！

花的鲜美既是来源于大地源源不断的养分输送，也是园丁们的精心栽培；蜂蜜的甘甜既是蜜蜂繁忙采蜜，也是四季不停的群花次序开放。

繁华的都城是一颗跳动的巨大心脏，车水马龙的道路连接着一个个乡村，或者说一个个乡村接连着城乡，输送活动，输送梦想，输送动力和源泉。

一个人像江河一样不舍昼夜地奔跑着，争分夺秒地追逐着时间。他也是一个夸父，追逐着他的太阳。

繁华的另一面是很多人为之付出的繁忙，这是事物相对应的状态。为了心中的太阳，从早到晚他们停不下脚步，不舍昼夜地奔跑。

日夜辛劳毫无怨言，他们向祖国表露最美好的心迹：在公明明。

一个梦想连接着一个梦想的地方，它们的名字叫奋斗，叫崛起，叫国家风度。

越来越多的人汇入了他们的行列，日夜奔梦永不停息，一个个夸父追逐着他们的太阳，他们形成了新一代的夸父精神。

夙夜在公，在公明明。如果要翻译成当今流行语，那就是：奔梦路上，忙且快乐！

猗与那与，置我鞉鼓。
奏鼓简简，衎我烈祖。
汤孙奏假，绥我思成。
——《那》

那·唤醒时光外的你

生命没有歇处，不知归途何在。

拍打鞉鼓的手再猛烈些吧，戴起涂着兽血的龟甲面具晃得更猛烈些吧！围着熊熊篝火，一起载歌载舞载欣载悲，让那些波澜壮阔的叙事再次活过来。

一辈辈人在大片的田野里劳作，我们也在田野里劳作，年年岁岁中互相守护着年轮与气节。

有人挖空心思，试图挖通时间的通道而成为永生不朽的人，有人却希望生命如朝露般的速逝，别离这一方爱恨交加的世界。

有人把时间挖成一丘丘梯田，用于记忆、缅怀和唱颂，直到后来，一丘丘的田爬满荒草，用于淹没自己。

向着光明的来处继续向前，我们始终在路途上奔波，那些颂歌仍然挂在耳畔，那些光辉的事迹仍然照耀着前路。

让来者踏着鲜血溅过的路，劈开满是荆棘的道路前进，手握光与暗的喻示，沿着开辟的道路。

让来者不可忘记那段荣光，不可在甘美的生活中自我堕落，不可掉进追逐奢靡的泥潭陷阱里。

让有恨的人喊出心中的愤恨，驱除丑恶以救赎这方天地，铲除四处扩散的毒菌。

让有爱的人始终葆有爱心，将慈悲付与这方天地，让生命在爱的觉知中升华与圆满。

至少我们还遭受时间的驱驰，至少我们还有一些梦想在催促。

圆缺的明月有泪，唤醒在时光之外的你，垂下眼帘。

天命玄鸟，降而生商，宅殷土芒芒。
古帝命武汤，正域彼四方。
方命厥后，奄有九有。
——《玄鸟》

玄鸟·扛起我们自己的天命

我们秉承谁的使命而降生？

几千年来，我们是夏的子民、商的子民、周的子民。

在生命密码一次次复制和传承的过程中，我们是接受天命的驱使？我们是应谁之命而前来？

毫无喻示，来路如此漫长，顺着血脉的流向向上追溯，我们是尧舜禹的子民，我们是燧人氏、有巢氏的子民，我们是女娲的子民。往前再往前，我们是宇宙深处传来的生命基因吗？

那么久远的传闻与记载历历在心，如铭记在灵魂深处的生命密码，在一次次的思忆中被唤醒。

天圆地方，我们是否秉承某个不为人知的天命而生？我们在天命的暗喻之下，不自觉地向着命定的目标而行。我们载欣载悲地生活，我们探索生命，谁在宇宙深处探索我们。

这是我们祖先秉承的志向，烁烁煌煌的斗志与精神。

天意依然高深难测，这么多年，这么多人寻求与探知，不知我们从何处而来。

我们秉承炎黄之子的血脉，我们要发扬光大。

既然天降大任于我们肩上，那么我们就义不容辞地扛起使命，做自己命运的主宰，不忧不惧生死荣辱，扛起这个落在我们肩上的天命。

后记：也说几句话

年少时读《唐·吉诃德》，总觉得唐·吉诃德好傻。为了一个不切实际的骑士梦想，作出种种匪夷所思的举动，四处遭受嘲笑。

现实生活中估计没有谁会像他这样一意孤行。当然，这是作家虚构的人物，现实生活中估计也找不出这样的人。

直至近日，我突然理解了唐·吉诃德。某些时候，人类历史上的某个人，突然陷入一个巨大的幻想，巨大到觉得可以撼动人们的观念。譬如阿基米德，制造一个支点和一根足够长的杠杆，他可以撬动整个地球。当然人们不会允许他去撬动地球的，当然也没有一根那么长的杠杆，但人们不但不会嘲笑他，还把这句话当成了名言。而若换成满脑子虚幻理想、持长矛与风车搏斗的唐·吉诃德，却遭到人们的嘲笑。

我想这原因大抵在于，怀揣着的是理想还是空想。关键并不在于理想是否远大，也并非是理想能否实现，而是理想有没有价值。唐·吉诃德处处遭人嘲笑的原因无非是想当一名骑士，不切合当时的社会实际，无怪乎吃尽了苦头。但唐·吉诃德也好，阿基米德也罢，他们都是彻头彻尾的理想主义者。这个世界，只有理想主义者才能赞同另一个理想主义者的做法吧。

讲了这么多，源于前阶段我突然间萌生了这样的一个想法：叙写一本关于《诗经》的散文诗，再现200篇《诗经》中的篇章，希望以散文诗的方式将《诗经》送到大家的心里。我把自己当作一条蚕，吃下许多许多的桑叶，织一匹长长的布，用我的语言去编织三千多年前那一首首壮美的诗篇，却又惶恐着望它不会遮住自己的眼睛。

织着织着，我突然想起唐·吉诃德，觉得我会不会像那个自己以前不喜欢的唐·吉诃德，会不会也怀揣了一个过大的梦想。幸好，华侨出版社李朝晖先生给了我莫大的鼓励，给了我莫大的创作动力，终于完成了这本书的写作。我希望我的读者会喜欢它，喜欢这本以散文诗叙说的《诗经》。

从梦想回到现实，眼下情景还好并无二致：还是一样又忙又累地上班，还是一样疲于奔命地工作，还是一样杂乱无章地生活。

但我也秉承了这样的一种精神，是一个现实世界中卑微的我在努力实现着理想境界中的一个梦想。

写作中有感，遂捡拾，作为这本书的后记。